Les Études de Mathilde

Mot de l'éditeur

Libertine éditions est la maison érotique qui entend tous vos fantasmes. Ici, pas de demi-mesure, toutes les formes de sexualité sont autorisées et assouvies.

Puisque chacun trouve son plaisir dans des scénarios intimes, chaque lecteur trouvera de quoi animer sa libido ou la rallumer.

Entre histoires vraies et fantasmes inavoués, il n'y a qu'un doigt. Du porno au hors-limite, en passant par le BDSM, le SM et plus encore... Masculin, féminin, le plaisir à deux, trois ou plus. Peu importe, seul le plaisir compte !

Pour faire durer vos lectures, vous trouverez nos ouvrages en format numérique, papier, audio, CD, DVD et plus encore.

Que votre lecture soit chaude et enivrante, c'est tout ce que nous vous souhaitons.

Site Internet : www.libertine-editions.fr

Le chevalier de Pomeyrols

Les Études de Mathilde

Couverture : Maïka

ÉDITIONS

Avertissement

Texte réservé à un public majeur et averti

CHAPITRE I

La petite Austin noire roule à vive allure sur les quais du Rhône en direction du centre-ville de Lyon. Encore un feu rouge ! *Décidément, ce soir, je les prends tous*, pense Mathilde. C'est une jeune femme de vingt-trois ans, étudiante à l'université de la préfecture du département. Elle habite dans un petit studio que lui ont offert ses parents lorsqu'il y a un an, ils ont décidé d'aller s'installer dans le sud. Elle y est seule depuis que l'homme qui partageait sa vie, cela fait maintenant six mois, a eu envie de partir avec un organisme humanitaire dans un pays d'Afrique noire pour y exercer la médecine. Avec son diplôme tout neuf, il a pensé que sa vocation était d'aller soulager la misère qui est, à ses yeux, beaucoup trop importante dans des pays comme le Mali ou le Bénin.

Mathilde est très belle ; elle mesure un mètre soixante-quatorze, porte du quatre-vingt-quinze C en soutien-gorge et du quarante en pantalon. Elle a de longs cheveux noirs, le teint mat et des yeux ornés de longs cils. Leur couleur, d'un vert émeraude, lui donne un regard de chat, plutôt de chatte. Avec ses lèvres pulpeuses, son petit nez bien droit et ses longues jambes, elle n'en finit pas d'attirer les regards : ceux des hommes qui aimeraient bien lier connaissance, et ceux des femmes qui voudraient bien lui ressembler.

Arrivée chez elle, elle prend une douche rapide, se dépêche de se vêtir et fonce vers sa voiture garée quelques minutes plus tôt sur la petite place, en bas de son immeuble, juste devant le café des sports. Le serveur, un balai à la main, est en train de donner un coup de propre à la terrasse du bar. Il sourit en voyant Mathilde s'approcher de sa voiture ; elle semble l'ignorer et saute au volant, le garçon a à peine le temps d'entrevoir ses cuisses gainées de bas noirs qu'elle démarre en trombe.

Quelque vingt-cinq minutes et une demi-douzaine de feux passés à l'orange bien mûr, elle arrive chez Julie. Celle-ci lui ouvre la porte de son pavillon de la proche banlieue lyonnaise où elle habite avec Jérôme, son mari. Elle est vêtue d'un bas de survêtement noir et d'un tee-shirt blanc et ample qui efface sa poitrine. Avec ses cheveux châtain foncé coupés très court, elle n'est pas vraiment féminine. Elle travaille dans le club de gym que fréquente Mathilde deux fois par semaine. C'est là qu'elles ont fait connaissance et, depuis quelques mois, elles se voient en dehors de la salle de musculation.

Après un petit whisky et les banalités d'usage, elles se mettent à table. Au cours du repas, le mari de Julie n'étant pas encore rentré pour des raisons professionnelles, Mathilde fait part de ses préoccupations à son amie. Elle doit finir sa thèse et elle manque d'informations, de détails et d'expériences pour parfaire ce document qui déterminera l'obtention de son diplôme. La discussion tourne autour du sujet pendant tout le repas. Deux heures et demie plus tard, les agapes terminées, le digestif bu en compagnie de Jérôme, rentré entre-temps de son dîner d'affaires, il est onze heures trente et Mathilde décide de prendre congé. Dans la fraîcheur de la nuit, elle démarre doucement : avec ce qu'elle a bu, ce n'est pas le moment de se faire remarquer par de possibles policiers toujours en ronde dans la ville. Elle est pensive. Ce que lui conseille son amie lui trotte dans la tête. Julie pense qu'elle devrait aller voir un couple de sa connaissance. Ce tandem d'amoureux est, d'après Julie, le couple le plus qualifié en matière de relations et de pratiques sexuelles. Ils ont, paraît-il, tous les deux la quarantaine et pratiquent, soi-disant, l'échangisme et se sont essayés à de multiples expériences amoureuses. Mathilde est étudiante en sociologie et fait une enquête sur les pratiques amoureuses, les travers, obsessions, et autres fantasmes de ses contemporains.

La discussion qu'elle vient d'avoir avec Julie ne l'a pas beaucoup aidée. En effet, celle-ci a une sexualité on ne peut plus classique. Certes, elle n'était plus vierge quand elle a connu Jérôme, encore tout jeune, et sans beaucoup d'expériences lui non plus. C'est dans la ferme familiale, au cours d'un stage, en temps qu'étudiante en agronomie, que Julie a été séduite par un beau jeune homme venu de la ville. C'est en cachette qu'ils se rencontraient le soir après le coucher de tous les membres de cette petite communauté qu'était l'exploitation agricole de ses parents. Il l'avait déflorée, maladroitement, empressé de connaître lui aussi les plaisirs de la chair. Malgré le risque d'être découvert et le physique plutôt agréable du coquin, Julie avait avoué à

Mathilde que la nuit, après ses rendez-vous coupables, elle se caressait pour finir ce que son premier amant avait commencé. Plus tard, au cours de ses études, elle avait eu d'autres expériences amoureuses avant de rencontrer Jérôme, mais chaque fois avec de jeunes gens sans savoir-faire et maladroits, donc rien d'exceptionnel.

Mathilde, qui roule maintenant vers son domicile, se met à penser qu'à l'entendre, sa copine n'a probablement jamais vraiment connu le plaisir, le vrai, le grand, celui qui vous fait mordre l'oreiller, vous fait appeler votre mère et qui, une fois l'acte terminé, vous laisse sans force ni voix pour remercier le généreux donateur de bonheur.

Arrêtée par un feu rouge, elle réfléchit à ce couple si mal assorti : elle, plutôt coincée, et lui qui a en permanence un regard polisson. Mathilde se dit qu'il ne serait sûrement pas hostile à une expérience, ne serait-ce que pour aider, bien sûr… L'apéritif, le verre de vin et le digestif qu'elle avait bus au cours de ce repas lui avaient un peu chauffé les oreilles, et pas seulement ses jolis petits bouts de chair qu'elle ornait toujours de deux grandes créoles en or ; souvenirs de son premier amant. Elle roule donc doucement, il est inutile de se faire remarquer par les forces de l'ordre dans ces cas-là.

Arrivée sur la petite place, juste en bas de chez elle, elle stationne avec un peu de peine, descend en attrapant son sac à main d'un geste vif, claque la portière, et se dirige chez elle où elle décide de se faire couler un bon bain chaud. Pendant que l'eau coule dans la baignoire, elle en profite pour se dévêtir. Ses vêtements soigneusement rangés, elle prépare ceux du lendemain. Elle est en sous-vêtements : un string bordeaux assorti au soutien-gorge. Elle les fait glisser sur sa peau satinée et les jette dans la panière destinée au linge sale. Sa toison bouclée d'un noir intense est taillée en triangle et ses seins ont l'arrogance de la jeunesse.

Après avoir rempli le bain aux deux tiers, elle se glisse doucement dans l'eau presque brûlante. Le bien-être l'envahit et elle sent une envie de plaisir gagner les endroits les plus intimes de son corps. Elle se savonne abondamment et, chaque fois que son gant de toilette passe sur la pointe de ses seins, elle tressaille et pousse un petit soupir. Son autre main est descendue le long de son ventre, maintenant elle se promène doucement sur ses cuisses, monte et tourne lentement autour de sa toison bien dessinée. Ce manège ne dure pas très longtemps et très vite les mouvements s'accélèrent. À cet instant, elle ne pense plus et rien d'autre ne compte que le plaisir qu'elle se donne.

Maintenant, ses mains ont échangé leurs rôles ; la droite munie du gant de toilette caresse doucement son sexe, tandis que la gauche a emprisonné son sein droit et le presse doucement, le remonte par en dessous. De temps à autre, elle pince doucement la pointe durcie, ce qui lui arrache de petits cris suivis de geignements qui ressemblent aux ronronnements d'un petit chat. À présent, les ronrons deviennent des gémissements. Le gant de toilette commence à s'agiter et va, à intervalles réguliers, à l'intérieur des cuisses de Mathilde. Son majeur ganté glisse entre les lèvres de son intimité, les soupirs de cette chatte en chaleur se transforment progressivement en râles de plaisir. Son corps tout entier est secoué de soubresauts. Sa main droite s'agite de plus en plus vite et l'eau de la baignoire subit la tempête. De grosses vagues d'eau et de mousse mêlées giclent hors du bain. Mathilde, la tête en arrière, sa longue chevelure mouillée lui collant au visage, a le souffle de plus en plus court et d'un coup, dans un cri à peine étouffé suivi d'un long bruissement, elle se raidit, se cambre si fort que son corps tout entier est hors de l'eau. Sa main gauche serre si fort son sein qu'il en est devenu violacé, puis, d'un coup, elle retombe, ce qui provoque une grosse vague qui inonde la moquette de la salle de bains.

Après un long moment, le temps de reprendre ses esprits, elle sort de son écrin douillet, s'essuie vigoureusement, sèche ses longs cheveux, passe une nuisette transparente, puis va se glisser dans ses draps de soie. Les sens apaisés, elle ne tarde pas à s'endormir.

CHAPITRE II

Le lendemain matin, Mathilde se lève à sept heures trente, déjeune copieusement et, après un petit tour dans la salle de bains, qui a gardé les traces de ses ébats de la veille, fonce vers son auto qui l'attend bien sagement à l'endroit où elle l'a garée la veille au soir. Elle est vêtue d'un pantalon de tergal noir, d'un pull angora blanc cassé à col ouvert qui laisse entrevoir le début de sa belle poitrine et d'un blouson court de cuir bordeaux. Aux pieds, elle a des chaussures vernies noires à hauts talons. Elle se rend à la fac et, comme d'habitude, elle est en retard. Elle roule donc vite pour essayer de louper le moins possible des deux heures du monologue de ce formidable prof aux yeux verts qui, même s'il ne s'adresse pas qu'à elle, lui donne l'impression d'être sa seule étudiante. En effet, depuis le début de l'année, il s'efforce à coups de regards de braise et d'allusions ciblées de faire comprendre à l'étudiante qu'il lui donnerait bien quelques leçons particulières. Mathilde, qui n'est pas dupe, est plutôt flattée et se dit qu'elle aussi aimerait bien approfondir et enrichir son enquête au fond de son lit.

Il est onze heures dix du matin lorsque la jeune femme remonte dans sa voiture, démarre et file chez Julie. Elle veut en savoir plus sur ce couple dont elle lui a parlé et que celle-ci la mette en rapport avec eux. Elle est décidée à les rencontrer afin d'avoir le plus possible d'éléments pour continuer et enrichir ses travaux. Vingt minutes plus tard, elle sonne au domicile de sa compagne de gym.

Elle l'informe de son choix de connaître ce couple dont elle lui a parlé. Son amie lui propose de les appeler pour prendre rendez-vous. C'est Sylvie qui répond et, après avoir échangé quelques banalités sur le temps et la vie trop chère, Julie lui explique ce que sa copine attend d'elle et de son homme. Elle n'hésite pas une seconde : l'idée de parler de ses multiples expériences sexuelles l'enthousiasme, d'autant que Jacques, son mari depuis plus de vingt ans, l'a toujours encouragée à essayer tout ce qui pouvait être nouveau pour elle et ne verrait aucun inconvénient à ce qu'elle raconte sa vie amoureuse. Elles conviennent d'un rendez-vous pour le lendemain après-midi vers dix-sept heures trente. Ils habitent au cœur de Lyon, mais avec les explications de Julie, Mathilde devrait trouver facilement. L'idée de la thèse de Mathilde surexcite « Juju », comme l'appelle Jérôme ; elle lui a fait promettre de lui raconter ce qu'elle avait toujours eu envie de savoir, sans jamais oser questionner Sylvie.

Le lendemain, à dix-sept heures vingt-cinq, Mathilde sonne au portillon du vingt-deux de la rue des Lilas, dans un lotissement cossu situé dans le septième arrondissement. Quelques secondes plus tard, la fine silhouette de la maîtresse de maison se dessine sur le perron de la porte ; c'est une grande femme aux cheveux longs, blonde platine à la poitrine généreuse, elle a une taille de guêpe. Perchée sur de hauts talons, elle semble avoir des jambes d'une longueur inhabituelle. Elle est vêtue d'un chemisier de soie prune et d'une jupe en cuir noir qui moule ses hanches. Un large sourire aux lèvres, elle s'avance vers le portillon qu'elle ouvre.

— Vous êtes Mathilde ?

Et sans attendre la réponse à sa question, ajoute :

— Entre, je t'attendais.

Ce passage aussi rapide du vouvoiement au tutoiement ne choque pas Mathilde et la met plutôt à l'aise ; c'est comme si elles se connaissaient depuis longtemps. Sylvie l'invite à entrer et à s'asseoir avant de lui proposer un rafraîchissement. Les verres de jus d'orange servis, elle s'installe en face de Mathilde, ce qui a pour effet de découvrir ses jambes, bien au-dessus de ses genoux, et Mathilde peut apercevoir le début de son entrecuisse.

— Je vous remercie d'avoir accepté de m'aider, lui dit Mathilde tout en ne pouvant détacher son regard des jambes de son hôte.

— Cela me plaît plutôt et il faut bien aider les jeunes ! lui répond la grande blonde avec un large sourire. Que veux-tu savoir ?

Puis d'ajouter dans la foulée :

— Et tutoie-moi s'il te plaît, ce sera plus facile pour toutes les deux.

Mathilde sourit. Décidément, cette Sylvie est très sympathique.

— Eh bien, j'aimerais que tu me racontes tout de ta vie sexuelle d'aujourd'hui et d'hier, et si tu as encore des fantasmes inassouvis, n'hésite pas à me les confesser.

À ce moment de la conversation, Jacques fait son entrée : un homme grand, blond lui aussi, les cheveux légèrement longs et bouclés. Il s'avance, le visage souriant, pour lui serrer la main, mais se ravisant, il dit :

— On se fait la bise ?

Résolument, Mathilde trouve ce couple bien agréable. Lui, il sait pourquoi elle est là, sa femme lui a dit et cela lui plaît bien. Après deux ou trois mots de convenance, Sylvie dit :

— Bon, je vais commencer par te raconter la première fois, d'accord ?

Mathilde acquiesce et sort un bloc-notes de son porte-documents.

— À cette époque, ma famille et moi habitions Saint-Étienne. Mon père était employé à la poste, ma mère concierge de l'immeuble H.L.M. où l'on vivait. J'avais treize ans. Et les grandes vacances scolaires, je les passais chez mon oncle et ma tante de Haute-Loire, dans la ferme de mes grands-parents maternels. À cet âge-là, cela commence à démanger et, comme toutes les filles, enfin je crois, je me caressais souvent. Un jour, dans la grange, la bonne odeur de l'herbe fraîchement coupée et rentrée, la douce chaleur de cet après-midi de juillet et le désœuvrement ont fait que je me suis allongée sur un gros tas de foin : j'avais retroussé ma jupe jusqu'à la ceinture, descendu ma petite culotte en coton jusqu'aux genoux et je commençais à me donner du plaisir, doucement, consciencieusement, quand mon cousin, un petit merdeux d'à peine plus de onze ans qui, lui, n'avait même pas un seul petit poil au zizi, est entré dans la grange et m'a surprise en train de m'adonner à mes coupables activités. Trop absorbée par ce que j'étais en train de faire, je ne l'ai pas entendu venir. La colère faisant place au sursaut de peur, je me suis mise à l'insulter en le poursuivant, non sans avoir pris le temps de me reculotter, cela a déclenché chez lui un grand rire. Bien sûr, j'ai eu peur qu'il raconte tout le soir au cours du repas, mais non, à ma grande surprise, il a fait comme si rien ne s'était passé. Seulement, le lendemain, alors que j'avais toujours la crainte de ce qu'il aurait pu dire aux adultes, il est venu vers moi, alors que j'étais en train de donner de l'herbe aux lapins. Avec un petit sourire aux coins des lèvres, il me sort de sa poche une tétine, tu sais, on les fixe sur le goulot d'une bouteille et on se sert de ça pour faire téter les petits veaux. Il l'avait remplie de sciure de bois et fermée avec une cordelette utilisée habituellement pour fermer les saucissons. Cela semblait être un sexe d'homme en érection. « Tiens, me dit-il, j'ai vu la "Louise", elle a ça, comme elle est veuve tu comprends », se crut-il obligé d'ajouter, toujours son petit sourire narquois aux coins des lèvres. La surprise passée, j'ai examiné la chose et, finalement, l'ai mise dans la poche de mon tablier. L'après-midi du même jour, ils étaient tous partis aux champs. Moi, j'avais pour mission de courir chercher mon oncle si la biquette se décidait à faire son petit. J'étais donc seule et je me suis installée, pas très loin de la chèvre pour pouvoir la surveiller, sur un tas de foin doux et odorant. C'est là que j'ai décidé d'essayer cette tétine. Je me suis mise à me caresser et, au fur et à mesure de l'excitation, j'essayais de m'introduire ce « god » de fortune. Bien sûr, j'étais encore vierge et, malgré mon extrême excitation, j'avais beau essayer, cela ne voulait pas rentrer. Pourtant, à force de soupirs et d'écartement des lèvres de mon sexe, la pointe de la tétine a fini par commencer à entrer en moi. Sur le moment, j'ai eu mal, cela m'a brûlée, mais très vite, le plaisir aidant et l'excitation de découvrir quelque chose de nouveau pour moi, ont fait que, rapidement, je n'ai plus ressenti que cette douce sensation du plaisir. Un peu de sang avait coulé sur mon entrecuisse, mais maintenant j'avais quatre ou cinq centimètres de la tétine en moi et j'aimais ça... De ma main droite, j'agitais l'engin à une cadence de plus en plus rapide et de la gauche, je titillais ce bouton que j'avais découvert depuis longtemps déjà. Je ne pouvais plus respirer, j'étais au bord de la perte de connaissance et, d'un coup, j'ai pris mon pied en poussant un cri qui en fit sursauter la biquette. J'étais vidée et n'ai plus bougé pendant un moment. Je reprenais lentement mes esprits quand, tout à coup, la chèvre que j'avais fait se relever par mes cris s'est mise à bêler, le chevreau voulait sortir. Peut-être la peur que j'avais faite à l'animal a-t-elle déclenché la venue de sa progéniture ? Alors, prenant juste le temps de me réajuster, j'ai couru chercher mon oncle comme telle était ma mission. Voilà comment, un après-midi d'été, je me suis dépucelée toute seule.

Mathilde est ravie de ce premier contact de travail. Tout le monde se quitte peu après la fin de l'histoire de la virginité de Sylvie, en convenant d'un nouveau rendez-vous entre elles pour dans trois jours.

CHAPITRE III

Le soir est tombé, il fait un peu moins chaud, mais Mathilde roule quand même avec la vitre de sa portière ouverte. Elle arrive devant son immeuble, cherche une place en faisant le tour du parking, la trouve et se gare comme par hasard encore devant le café des sports. Le serveur est devant la porte, les poings sur les hanches, il guette s'il peut apercevoir un bout des cuisses de Mathilde lorsque celle-ci descendra de sa voiture. Dommage, elle est en pantalon. Déçu, il tourne les talons en reprenant son torchon négligemment posé sur son épaule. Elle, elle l'a vu et ne peut s'empêcher de penser en le regardant partir qu'il a de belles fesses et que, ma foi, pour elle qui n'a pas fait l'amour avec un homme depuis plusieurs semaines, il ferait un partenaire tout à fait convenable. Elle hésite à peine et se dirige vers l'entrée du bar.

En la voyant franchir le seuil de la porte, la sous-tasse qu'il avait entrepris d'essuyer échappe au serveur et se brise en de multiples morceaux en touchant le sol. Le patron, avachi derrière le comptoir, lui jette un regard haineux et lourd de menaces. Ses yeux jaunis par l'abus d'alcool, les poches qui les soulignent, son ventre énorme, ses grosses joues flasques et ridées et son crâne dégarni lui donnent un air de crapaud.

— Tu ne peux pas faire attention, bon à rien ! bougonne-t-il avant de reprendre une conversation des plus intellectuelle avec deux ivrognes qui essayent de rester dignes sur leurs tabourets. Il est question, apparemment, de la composition de l'équipe de foot de Saint-Étienne.

Le garçon s'approche de Mathilde, qui s'est assise au bar elle aussi. Tout sourire aux lèvres, il lui demande ce qu'elle veut boire.

— Un baby orange, s'il vous plaît, lui dit-elle en lui rendant son sourire.

Son regard croise celui du serveur et s'attarde dans la profondeur de ses yeux sombres. Il a un physique agréable, de taille moyenne pour un homme, les cheveux d'un noir brillant, mince et le teint mat ; *il doit être italien ou espagnol*, pense Mathilde, mais surtout il a un petit cul bien rond qui lui plaît par-dessus tout.

Elle est en train de se demander comment elle pourrait amorcer la conversation, quand Tonio, c'est son nom, lui demande si elle veut de la glace avec son whisky.

— Oui, s'il vous plaît, cela fera un peu d'eau.

Elle le regarde et ajoute, comme si elle était une habituée :

— Il n'y a pas grand monde ce soir ?

— Comme tous les jours à cette heure-ci, lui répond-il avec un sourire qui laisse apparaître de belles dents blanches.

Et d'ajouter, à tout hasard :

— On ferme dans une demi-heure.

Le regard accompagné d'un sourire que lui lance Mathilde veut dire : *j'ai bien reçu le message.* Encouragé par ce qu'il vient de comprendre, il commence à parler avec elle de tout et de rien, l'important est de la mettre en confiance. Quarante minutes et trois whiskys plus tard, ils sont toujours en train de se séduire quand le patron demande à Tonio, sur un ton agressif :

— Tu as l'intention de coucher là ce soir ?

— J'y vais, ce n'est pas la peine de gueuler ! répond-il vexé de s'être fait houspiller devant Mathilde.

Celle-ci saute sur l'occasion et demande :

— Tu habites dans le coin ?

— Pas loin...

Sa voix est redevenue toute douce.

Mathilde, pleine d'audace, probablement grâce aux trois verres d'alcool, se lance :

— Si tu veux, on peut aller chez toi continuer la conversation ?

Ce qu'il accepte tout de suite. Dix minutes plus tard, le temps de fermer le bar, les voilà partis, à pied, à trois pâtés de maisons. Arrivés devant un petit immeuble de cinq étages Tonio dit :

— C'est ici, au second.

Les escaliers rapidement gravis, il la fait entrer dans son antre.

Ils sont maintenant assis tout près l'un de l'autre, sur un canapé défraîchi, mais Mathilde ne fait pas attention au décor. Un peu l'alcool, un peu la solitude dont elle souffre depuis quelque temps, un peu les yeux de Tonio et un peu la douce fraîcheur de l'appartement, qui contraste avec la chaleur du dehors, font qu'elle se sent bien. Tonio ne lui a même pas proposé un verre, il se contente de se faire encore plus tendre, lui prend la main et se penche pour lui déposer un long baiser dans le cou. Mathilde frissonne de plaisir, il l'attire doucement contre lui, elle se laisse faire. Une main du serveur s'est posée délicatement sur sa joue, il l'effleure, puis glisse doucement sur sa nuque. Il lui tient la tête, la tourne un peu vers lui, ses lèvres viennent sur sa bouche et après deux ou trois petits baisers, il glisse sa langue dans l'ouverture que lui offre sa conquête qui commence à voir le rythme de sa respiration augmenter. Un long baiser s'ensuit, le souffle des deux amoureux s'accélère. Tonio passe sa main sous le pull de laine angora de Mathilde et la promène sur le satin du soutien-gorge tendu par une poitrine durcie par le désir. Après l'avoir longuement explorée, il passe son autre main dans le dos de Mathilde et, d'une dextre experte, dégrafe le sous-vêtement en dentelle de la belle. Elle est maintenant presque entièrement sur lui et a le souffle de plus en plus court. Elle est allongée sur lui et il caresse les fesses de sa partenaire, tendrement, doucement, durant un long moment, en prenant bien le temps de laisser monter leur désir. Puis d'un coup, il décide de lui enlever ses vêtements. Sans précipitation, en prenant son temps, il dénude sa conquête. Mathilde, qui a les mains qui se promènent un peu partout sur le corps de celui qui va devenir son amant, devine une anatomie musclée sous la chemise blanche du serveur. Lorsqu'une de ses mains s'aventure sur le sexe de Tonio, elle sent un membre durci par le désir : il bande comme un cerf. Elle est torse nu, il lui enlève ses escarpins de cuir et fait doucement glisser son pantalon de tergal crème. Allongée sur le canapé, elle ne porte plus que son string noir. Elle le regarde se dévêtir à son tour. Cette scène qui dévoile le torse parfait de celui qu'elle a choisi pour satisfaire ses besoins sexuels finit de l'exciter. Il n'a plus que son boxer pour tout vêtement et, sous la fine couche de tissu, elle devine un membre prêt à servir.

Allongé sur elle, il l'embrasse sur la bouche tout en lui caressant la poitrine, doucement, en s'attardant un peu sur les pointes durcies par l'excitation. Elle, elle sent son pénis affermi par le désir à travers le peu d'étoffe qui le sépare de sa chatte. Elle ondule sous ses caresses et commence à ronronner. Tout en lui faisant des petits bisous sur les seins et le ventre, il la cajole, puis doucement descend sa bouche vers son entrejambe. Elle gémit quand, tout en écartant son sous-vêtement, il passe sa langue entre les lèvres de son sexe en feu. En même temps que sa main droite se promène sur une peau d'une douceur remarquable, sa langue gourmande la fouille et cherche son clitoris. Mathilde se tortille de plus en plus vite et gémit à espaces réguliers. Elle lui tient la tête à deux mains en se cambrant à chaque savant coup de langue de son partenaire. Ses cuisses ont enlacé le cou de Tonio, puis n'y tenant plus, elle l'oblige à se redresser et lui enlève nerveusement le dernier rempart qui la sépare du membre en érection du beau serveur. La verge de l'homme jaillit et, sans attendre que le caleçon soit complètement enlevé, elle la saisit et commence à la sucer, goulûment, mais avec méthode, sa langue s'agite sur le gland de son partenaire. Une de ses mains cramponne la jambe droite de celui qui est en train de devenir son amant, l'autre se saisit des testicules de l'homme qui grogne de bonheur. Le plaisir ne cesse de monter en elle. De sentir ce sexe dur au bord de l'explosion, d'avoir à chaque coup de reins de son partenaire l'impression d'étouffer et de deviner les couilles de son amant d'un soir gonflées et prêtes à envoyer un sperme libérateur dans sa bouche, elle est au comble du ravissement. Lui, il n'y tient plus, il se dégage, saisit sa complice par les hanches et la retourne. La voilà maintenant à quatre pattes sur le canapé. Tonio lui est à genoux derrière elle, il lui descend sur les genoux le petit bout d'étoffe trempé de son désir, et la pénètre lentement. Elle sent sa grosse queue entrer en elle, ce qui lui arrache un petit cri. De ses deux mains, il lui cramponne le bassin et commence un va-et-vient régulier. La belle n'en peut plus, elle souffle, gémit, soupire et ondule comme une anguille. Après quelques coups de reins, les ronronnements sont maintenant des halètements rapides ponctués de râles qui annoncent un plaisir d'une grande intensité. Tonio accélère la cadence, ses mains sont soudées aux hanches de Mathilde et ses ongles s'enfoncent dans la chair de sa partenaire. D'un coup, la belle lance un grand cri suivi de nombreux autres moins bruyants, mais plus profonds. C'est le signal pour son amant qui n'y tient plus et à son tour se libère dans un grognement animal. Il jouit longuement en elle ce qui prolonge l'orgasme de la jeune femme qui, la tête écrasée dans un coussin du canapé, n'en finit pas d'apostropher le bon Dieu et tous ses saints.

Un peu plus tard, enfin, ils se dessoudent et tombent sur le côté ; elle sur le canapé et lui sur le sol. La fin de nuit qui s'ensuit les voit reprendre plusieurs fois des ébats, tous plus torrides les uns que les autres. Enfin, au petit jour, épuisés, ils s'endorment repus.

CHAPITRE IV

Après cette nuit, Mathilde décide de revoir Tonio et c'est le cas trois fois dans la même semaine. Entre-temps, elle va toujours en cours à la fac ; épanouie, elle se sent bien et n'en est que plus belle encore, ce qui provoque des regards appuyés et enamourés de ce prof, décidément de plus en plus séduisant. Ce soir, samedi, elle retournera chez Sylvie et Jacques pour la suite de l'histoire de leur vie sexuelle, surtout celle de madame...

La quadragénaire l'accueille sur le pas de la porte. Elle est magnifique dans son tailleur Chanel de couleur noire. Elle lui fait deux bises, juste sur le coin de ses lèvres et, en la prenant par le bras, l'entraîne dans le salon. Jacques est assis dans un fauteuil de cuir fauve, bien coiffé, bien rasé, en chemise Lacoste vert d'eau à demi ouverte. Un ceinturon de teinte sombre sur un pantalon de tergal crème. Lorsqu'elle l'embrasse pour le saluer, Mathilde est troublée par le parfum qui se dégage de son torse musclé. Elle le trouve fort séduisant et pense qu'il n'aurait pas besoin d'insister beaucoup pour qu'elle accepte de partager une séance amoureuse avec lui, voire avec eux.

Après deux ou trois banalités sur le temps, la circulation et les soucis quotidiens, Sylvie propose de continuer le récit de ses exploits amoureux. Confortablement assise sur le canapé, la jupe de son tailleur remontée jusqu'à mi-cuisse, elle reprend la saga de sa vie sentimentale :

— Rentrée de vacances, j'avais, bien sûr, rapporté mon « appareil à plaisir », comme je l'avais baptisé et je m'en servais souvent, même très souvent : quelquefois deux ou trois séances dans la même journée.

Cette précision est accompagnée d'un petit rire malicieux qui fait sourire l'étudiante et le mari. Puis elle reprend son récit :

— La fenêtre de ma chambre était située dans le coin de l'immeuble et, au même étage, sur l'autre partie qui formait l'angle, habitait un jeune homme d'environ seize ou dix-sept ans. Un grand sec un peu boutonneux et mal rasé, que moi, je trouvais beau comme un Dieu.

Elle sourit, propose un rafraîchissement à son homme et à Mathilde, qu'ils acceptent. Une fois les verres sur la petite table du salon, elle reprend :

— J'avais remarqué que le soir, il ne fermait pas ses volets et, de ma chambre, je pouvais voir les deux tiers du fond de son lit. Si bien qu'en ne laissant qu'un entrebâillement de mes persiennes, je pouvais l'observer lorsqu'il était couché sans qu'il s'en doute. La première fois que je l'ai épié, il était nu sur son lit, une revue dans la main gauche et sa main droite sur son sexe. Il était en érection et sa queue m'a paru énorme. Il se branlait doucement, de temps en temps, ses jambes se raidissaient et il se cambrait en accélérant le mouvement de son poignet. Inutile de te dire que moi aussi ma main était dans ma culotte. Cela n'a pas duré bien longtemps, après une brusque accélération du mouvement, il s'est cambré et a déchargé. Tout excitée, je suis allée chercher ma tétine dans sa cachette, je me suis couchée et je me suis fait jouir. Les jours qui ont suivi, je me suis débrouillée pour être seule dans l'ascenseur avec lui et il a été mon premier amant.

Sylvie boit une gorgée de Coca-cola, soupire en souriant et poursuit :

— Je me rendais souvent chez lui, dans sa chambre, il me prenait maladroitement et, bien souvent, il ne faisait que m'ouvrir l'appétit. En rentrant chez moi, j'étais heureuse de retrouver le cadeau de mon cousin et finissais le travail bâclé de mon voisin.

Mathilde prend des notes, questionne, s'intéresse aux détails. Ce soir-là, Sylvie lui raconte comment elle a connu Christophe, comment il lui a donné du plaisir, la manière dont il a procédé pour lui apprendre à sucer. Puis c'est le tour de Pierre, l'homme marié qui lui léchait la chatte et lui jurait qu'il allait divorcer pour vivre avec elle alors qu'elle n'avait pas encore seize ans. Des mots bien sûr. Elle sait maintenant qu'il n'avait nullement l'intention de quitter sa légitime, mais, à cet âge-là, on croit tout ce qu'on a envie d'entendre. Cette conclusion est accompagnée d'un rire et d'un sursaut nerveux qui accentuent le dévoilement des jambes de la narratrice. L'étudiante aperçoit alors furtivement que celle-ci ne porte pas de culotte. Quelques confidences plus tard, banales pour la plupart et qui n'apportent pas grand-chose à l'étude sur les comportements des êtres humains en matière sexuelle, ils se séparent en prenant rendez-vous pour la semaine suivante. Il est deux heures du matin lorsque Mathilde se douche, elle se couche et s'endort très vite.

Les jours qui suivent se partagent entre les cours à la fac, son travail à la maison et, bien sûr, Tonio. La veille de retourner chez Sylvie, c'est Julie qui l'appelle sur son portable, elle est curieuse de connaître ce que son amie lui a raconté ; elle qui n'apporte qu'une faible importance au sexe se découvre un appétit de savoir. Elle invite Mathilde à dîner pour qu'elle lui raconte :

—Jérôme est à Paris pour son boulot, nous serons seules, viens manger avec moi, tu pourras tout me dire !

Après un rapide passage dans la salle de bains, elle saute dans son automobile et file en direction de chez son amie. Le temps est doux, elle roule la vitre ouverte, la brise lui caresse le visage et fait voltiger ses longs cheveux noirs. Julie l'accueille sur le pas de la porte. Elle est vêtue d'une jupe noire et d'un chemisier blanc ; *avec sa coupe à la « Jeanne d'Arc », on dirait une bonne sœur*, ne peut s'empêcher de penser Mathilde. Dommage, sous ses vêtements qui ne la mettent pas en valeur, on devine des formes harmonieuses. Sa poitrine semble être de belle taille et ses jambes bien dessinées.

Elle fait entrer l'étudiante, lui sert un baby, en prend un également et s'assoit en face d'elle. Dans le mouvement, la jeune femme laisse apparaître ses jambes nues sous sa jupe.

—Alors, raconte ! dit-elle tout excitée.

Sans se faire prier, Mathilde résume rapidement le début des aventures de son amie. Julie, qui n'a presque connu que son mari et qui a eu une jeunesse des plus sages et sans beaucoup de relations, reste ébahie. Elle qui pensait que ce genre d'aventures n'existaient que dans les films X, est toute retournée de constater qu'elle est peut-être passée à côté de quelque chose. Elle qui refuse de pratiquer des fellations à son homme, qui n'ose pas se toucher et se faire jouir lorsque celui-ci la néglige un peu, elle qui s'effraie dès qu'un mâle lui fait un compliment commence à se demander si elle est normale. Elle se dit qu'elle n'est peut-être pas une femme de son époque. Dans son désordre intellectuel, elle ne s'aperçoit pas que sa jupe est remontée à mi-cuisse ; dans un mouvement nerveux, elle écarte les jambes sans même s'en rendre compte. Mathilde entrevoit sa petite culotte de coton blanc, elle se dit qu'elle a de belles cuisses, *dommage qu'elle soit coincée, elle est bien faite et ce doit être agréable de faire l'amour avec elle.*

Un peu plus tard, pendant le repas, Julie revient sans cesse sur le sujet, questionne, demande des précisions, veut connaître tous les détails, ce qui amuse Mathilde. Celle-ci, docile, répond à son amie en n'omettant aucune précision. Elle lui donne les informations croustillantes qu'elle attend. Julie, qui a bu un peu trop, a son chemisier entrouvert, son invitée distingue son soutien-gorge, blanc lui aussi. Julie rit beaucoup, se tortille dans tous les sens, elle est tout émoustillée. Ses deux mains sont posées sur ses genoux et elle se les frotte nerveusement. Mathilde pense qu'après son départ, lorsqu'elle sera seule, il y a fort à parier que son amie s'adonnera à ce qu'on appelle le plaisir solitaire.

Le lendemain, la belle étudiante reprend sa voiture pour se rendre chez Sylvie. Après une petite demi-heure dans la circulation et les embouteillages, elle arrive devant la porte de la maison. Elle est accueillie par celle qui est en train de devenir son amie. Celle-ci, comme à l'accoutumée, affiche un visage rayonnant de bonheur. Elles se prennent dans les bras, se collent l'une à l'autre en se faisant la bise. Mathilde sent ses deux seins nus sous son tee-shirt contre sa poitrine. Ils semblent être relativement volumineux et ce contact lui procure une douce sensation. Elle est seule, lui propose de s'installer dans le salon, lui sert un baby et s'assoit en face d'elle. Elle porte une jupe moulante de couleur noire, celle-ci remonte à mi-cuisse lorsqu'elle pose son postérieur sur le cuir du fauteuil et Mathilde remarque les lignes gracieuses de ses cuisses.

— Bon, nous en étions où ? commence Sylvie, qui, visiblement, est impatiente de narrer ses exploits.

— À Pierre : tu me disais qu'il était marié.

Sylvie sourit et, dans un soupir plein de regrets, confirme :

— Oui, malheureusement. De plus, sa femme a eu vent de notre relation, je ne te raconte pas le scandale. Comme j'étais mineure, je me suis retrouvée en pension chez les sœurs en Haute-Loire, au Puy-en-Velay. Et là, crois-moi, je ne rigolais pas tous les jours. Heureusement, j'avais pensé à faire suivre ma tétine et je m'en servais souvent, le soir, quand le dortoir où nous étions huit était endormi. Parfois, avant que tout le monde ne dorme, j'entendais des soupirs, des gémissements étouffés, des bruits de va-et-vient et des mouvements de corps. Un soir où j'avais des difficultés à m'endormir, tout était calme lorsque, au moment où j'allais enfin sombrer dans le sommeil, la porte du dortoir s'est ouverte doucement. Intriguée et curieuse, j'ai scruté dans la pénombre le déplacement de cette forme humaine... La silhouette s'est faufilée entre les deux rangées de lits jusqu'à celui d'une fille qui était dans la classe au-dessus de la mienne et qui se trouvait juste à côté de moi. L'ombre s'est penchée sur la couchette de Christiane, c'était son nom, et a chuchoté quelques mots. J'ai eu beau tendre l'oreille, je n'ai pas compris ce qu'elle disait. Cela s'est passé très vite et l'ombre est rapidement sortie du dortoir. À peine deux minutes plus tard, la fille s'est levée sans bruit et s'est faufilée, elle aussi, vers la porte. Après un moment d'hésitation, la curiosité l'a emportée et je me suis levée et à mon tour. Je me suis glissée vers la porte de la chambrée. Une fois hors de la pièce commune, le cœur battant à cent à l'heure, j'ai vu que la chambre de sœur Marie-Thérèse, la surveillante, était éclairée. Mes jambes tremblaient, mais la curiosité fut la plus forte et j'ai mis mon œil au trou de la serrure. Là, j'ai vu ma voisine de chambre, nue sur le lit de la religieuse. Elle était sur le dos, les jambes repliées et écartées, ses mains tenaient la tête de la pionne qui lui léchait la chatte à grands coups de langue. Christiane respirait fort et j'entendais son amante ronronner. Elle aussi était nue, elle n'avait gardé que sa chaîne avec son crucifix, peut-être pour que le Bon Dieu soit impliqué et pardonne... Elle était à genoux et pointait son gros derrière vers le plafond, je pouvais voir son cul poilu et ses énormes nichons qui se balançaient en rythme.

Le « broute minou » a bien duré plusieurs minutes. Moi, évidemment, tout en continuant de me rincer l'œil, j'avais passé ma main sous ma longue chemise de nuit en toile et je me caressais en retenant ma respiration pour éviter de faire du bruit. Tout à coup, la sœur s'est relevée, s'est couchée sur la jeune fille tout en l'embrassant goulûment sur la bouche. Elle lui tripotait ses petits seins. Elle ondulait comme une grosse anguille, puis se mettant sur le côté, elles se mirent à se branler mutuellement dans de multiples contorsions et gémissements. De toute évidence, ma voisine de dortoir prenait autant de plaisir que la surveillante. Je n'ai pas attendu la fin des ébats, je suis repartie dans mon lit. J'ai pris ma tétine et me suis fait jouir.

Après quelques confidences sur ce qu'elle avait ressenti et compris ce soir-là, Sylvie raccompagne son hôte jusqu'à la porte. Mathilde l'embrasse et la quitte en prenant rendez-vous pour dans trois jours. Elle s'arrête au café pour demander à Tonio de la rejoindre après son service. Ce récit l'a passablement émoustillée et se faire prendre par ce beau mâle qu'est son amant est devenu impératif. Il termine sa journée dans trois quarts d'heure, le temps pour elle de se préparer pour l'accueillir comme il faut.

CHAPITRE V

Le lendemain, après son cours, elle décide d'aller faire deux ou trois courses dans la supérette à proximité de la faculté. Elle se trouve dans le rayon frais et examine deux sortes de yaourts allégés en hésitant à choisir lorsqu'une voix familière lui murmure à l'oreille :

— Prenez les « Danone », ils sont très bons !

Surprise, Mathilde se retourne et se trouve nez à nez avec le professeur de la faculté dont elle vient de suivre le cours. Un large sourire aux lèvres, il commence à plaisanter avec elle. Ils parlent de tout et de rien, des projets de l'étudiante une fois qu'elle aura ses diplômes, du soleil qui est chaud et noircit la peau et des tas d'autres banalités. Au bout d'un moment, le professeur se décide enfin à lui proposer un verre, ce qu'elle accepte avec empressement. Il est convenu, pour des raisons pratiques et de proximité, que ce verre serait pris dans l'appartement du monsieur qui se trouve à quelques dizaines de mètres de la supérette.

Moins de cinq minutes plus tard, ils se retrouvent donc devant un verre de whisky, assis l'un à côté de l'autre sur le canapé du salon de monsieur le professeur. Le « monsieur » ne tarde d'ailleurs pas à disparaître des propos de Mathilde, et le tutoiement s'impose tout naturellement au bout de quelques minutes. Georges lui raconte qu'il est divorcé depuis deux ans et vit seul. Que son ex-femme n'a jamais voulu d'enfant et que, ma foi, c'est aussi bien comme ça. Ils parlent longtemps de leur vie respective, Mathilde omettant volontairement de faire allusion à l'existence de Tonio. Il finit par lui avouer que le contact et les rapports physiques avec le sexe opposé lui manquent terriblement et qu'il a remarqué, durant les cours, qu'il ne lui était pas indifférent. Mathilde sourit et avoue que c'est vrai, depuis le début de l'année, elle se languit d'aller à la fac pour le voir. Troublé et un peu gauche, il lui propose un autre verre. Il est tout tremblant. On dirait un collégien qui se trouve seul pour la première fois avec une gamine de son âge. Il se ressaisit et, afin de meubler un peu, demande à son invitée si elle veut grignoter un morceau. La belle décline poliment, elle réalise soudain qu'elle avait rendez-vous avec Tonio, mais là, tant pis, elle trouvera bien quelque chose à raconter. Depuis le temps que cet homme, qui pourrait être son père, la fait fantasmer, elle ne va pas laisser passer l'occasion. Elle s'absente aux toilettes pour se refaire une beauté, en profite pour envoyer un texto à Tonio : sans explication, elle l'informe qu'elle ne viendra pas le retrouver. Elle coupe son portable et rejoint Georges, qui se demande bien comment il va pouvoir passer de la discussion à la fornication…

Mathilde, elle, est déjà tout émoustillée à l'idée de ce qui va se passer entre elle et lui. À peine assise à ses côtés, il lui prend le bras, de son autre main, il lui remet ses cheveux derrière l'oreille, puis dans le mouvement attrape doucement sa nuque et l'attire vers lui avant de lui déposer un baiser sur les lèvres. Mathilde n'y tient plus, elle prend l'initiative, se jette sur lui, l'enlace vigoureusement et colle sa bouche brûlante de désir contre celle de l'homme. Elle le force à s'allonger sur le canapé, sa jupe est remontée jusqu'à mi-cuisse, elle a le souffle court et, tout en le couvrant de baisers, elle lui défait sa ceinture, le déboutonne et lui ôte son pantalon. La verge de Georges est dure comme du bois, elle fait glisser le caleçon pour la faire jaillir et s'empresse de la branler vigoureusement avant de la mettre dans sa bouche. À chaque coup de langue, d'aller-retour de la tête de Mathilde, sa respiration s'accélère, il grogne. Sa partenaire ondule de tout son corps ; lui souffle comme un taureau en rut, il a une main dans les cheveux de son étudiante, l'autre s'est glissée sous sa jupe et titille un sexe trempé de désir. Il bande si fort qu'il en a presque mal. D'un coup, elle se redresse et se positionne à califourchon sur le ventre de Georges. Elle sent sa grosse verge sur son cul encore protégé par le mince rempart qu'est son string. À chaque fois que les doigts de l'homme s'immiscent dans le sous-vêtement de sa partenaire, celle-ci se cambre, contracte ses fesses et ondule du bassin. Il tient la tête de la jeune fille par les cheveux et tire celle-ci en arrière. Le menton en avant, les yeux mi-clos, la bouche entrouverte, la belle étudiante ronronne, un ronronnement entrecoupé de petits cris et de mots inaudibles. Elle se bascule sur le côté, enserre la jambe droite de son professeur et se frotte la chatte sur sa cuisse en se cambrant en cadence, une vraie chienne en chaleur.

D'un coup, elle se redresse, enlève son chemisier et fait apparaître sa poitrine nue. Dressés comme des obus, ses seins se balancent au rythme des impulsions de son corps. D'un geste vif, elle arrache son caleçon et remonte par-dessus sa tête la chemisette de tennis de son partenaire et jette le tout sur le sol. Georges est maintenant nu comme un vers. Son sexe dressé comme un obélisque, Mathilde se met debout et en un clin d'œil fait tomber sa jupe et glisser son sous-vêtement qui dégouline de désir. La verge de son professeur est comme un appel, elle se met à genoux et recommence à sucer ce sexe en érection. Aux gémissements de l'homme, elle comprend qu'il ne tiendra pas longtemps, elle se dresse et vient s'installer à cheval pour s'empaler sur cette bite au bord de l'explosion et prête à cracher son plaisir. Pour elle, ce n'est pas mieux, deux ou trois coups de reins plus tard, elle lance un râle rauque entrecoupé par de petits cris aigus durant quelques dizaines de secondes. Ses ongles se sont plantés dans les hanches de Georges qui, à son tour, lâche un appel aux dieux et à leurs saints. Il n'en finit pas de se vider, ce qui entraîne encore plus de bonheur à sa partenaire.

Ils sont tous les deux écroulés sur le canapé et tentent de reprendre leur souffle. Moins de cinq minutes après la fin de la séance, Mathilde est encore sur son nuage lorsque, d'un coup, Georges se redresse et force la jeune femme à se mettre à quatre pattes sur le sol du salon. Elle a maintenant la tête par terre, les coudes calés dans les poils longs du tapis. Le cul pointé en l'air est comme un appel. Il se positionne à genoux derrière elle et, son sexe de nouveau en érection, il la pénètre violemment. Le va-et-vient nerveux arrache de nouveaux râles et gémissements qui augmentent en intensité au fur et à mesure de la cadence quasi mécanique. L'homme tient fermement les hanches de sa partenaire grommelant toutes sortes d'insanités. Celle-ci, au bord d'un nouvel orgasme, décide d'en augmenter l'intensité et, d'une main experte, commence à se triturer le clitoris. Il ne faut pas longtemps pour que tous deux se lâchent dans un mélange de cris, de suffocations et de grognements, avant de s'écrouler sur le côté, toujours l'un dans l'autre. Cet amant de quelque trente ans son aîné la fait jouir comme elle a rarement joui. Comme si cela ne suffisait pas, le voilà maintenant qui, s'étant retiré, répand le mélange de sperme et de cyprine jusque sur son rectum, puis d'un doigt expert commence à lui branler le petit trou. C'est pour Mathilde une nouveauté, jamais aucun de ses amants ne lui a mis un doigt dans l'anus et elle découvre cette sensation bizarre, mélange de plaisir et de maux, qui ne tarde pas à prendre le dessus sur la souffrance. Elle recommence à souffler fort et sa main droite enserre le sexe de nouveau durci de son amant. Elle le branle en cadence et cette nouvelle excitation de son partenaire lui laisse deviner ce qui va suivre. En effet, quelques dizaines de secondes plus tard durant lesquelles elle sent un nouvel orgasme monter en elle, dans un souffle avec un peu de honte, elle supplie :

— Vas-y, encule-moi !

— Puisque tu le veux, je vais te défoncer, petite chienne !

Son amoureux, qui lui a bien dilaté l'anus, n'attendait que ça, il la pénètre doucement. C'est encore, pendant un instant, une sensation de douleur, très vite remplacée par un délice intense. Elle pousse un petit cri puis râle de bonheur. Il ne faut pas longtemps pour qu'elle rugisse son bien-être. Elle se tortille dans tous les sens et supplie :

— Continue, c'est bon, je vais encore jouir !

Quelques allers-retours plus tard, elle crie son ravissement, en même temps que son amant, qui se vide encore. Pour la première fois qu'elle se laisse sodomiser, c'est un coup de maître dans tous les sens du mot. Quelques minutes plus tard, enfin revenus sur terre, les deux amants reprennent doucement leurs esprits. Couchés sur le côté, à même le sol, ils se tiennent enlacés.

CHAPITRE VI

Il est vingt et une heures trente lorsqu'elle se décide à quitter son professeur. De retour dans sa voiture, recoiffée et remaquillée, elle est rayonnante de bonheur et démarre tout en chantonnant. *Il faut que j'appelle Tonio*, se dit-elle. Que vais-je lui raconter ? Elle prend son portable, le numéro est enregistré. C'est le répondeur, tant mieux, pense-t-elle.

— Tonio ? C'est moi, je sors juste de chez Julie et je suis crevée. Je te rappelle demain ! Gros bisous !

Une fois chez elle, elle repense à tout ce qui vient de se passer. Elle sourit, elle est heureuse. Depuis le temps qu'elle avait envie de cet homme. Une expérience intéressante pour sa thèse et en plus quel pied ! Elle va pouvoir faire tout un chapitre sur les relations sexuelles intergénérationnelles. Elle est maintenant bien placée pour attester que le plaisir sexuel n'est pas une question d'âge, que les différences n'entrent pas en considération dans les désirs physiques ou intellectuels. Les dizaines d'années qui peuvent séparer les partenaires n'entrent nullement en compte dans les attirances que chacun d'entre nous, à un moment ou un autre, peut ressentir pour un être totalement différent. Elle s'empresse de noter quelques observations sur son PC et décide d'aller dormir. Elle se prépare pour la nuit et se couche, tous ses sens apaisés. Elle s'endort rapidement en pensant que demain est un jour où elle a mille choses à faire.

Debout à sept heures trente, elle déjeune rapidement et se met au travail sur son ordinateur. Une bonne heure plus tard, la sonnerie du téléphone la fait sursauter. C'est Julie, elle a envie de parler, les dernières conversations qu'elles ont eues ensemble l'ont passionnée. Elle en veut encore. Il semble que ce que lui a raconté sa copine l'a émoustillée. Son attitude, elle qui semble si prude, amuse beaucoup Mathilde. Elle se dit qu'elle va finir par en faire une vraie salope à force de récits cochons. Cependant, elle passe sous silence ce qui est arrivé la veille avec Georges. Quelques banalités plus tard, elles conviennent d'un rendez-vous dans la soirée, elle lui racontera ce que lui aura dit Sylvie, qu'elle doit rencontrer en début d'après-midi.

Une matinée de travail et un repas vite avalé plus tard, elle est au volant de son auto lorsque son portable vibre. Elle n'a pas encore démarré, elle répond. C'est Tonio :

— Salut, ma belle, tu as bien dormi ?

Elle sourit et répond sans dire pourquoi :

— Comme un bébé ! Cela faisait longtemps que ça ne m'était pas arrivé !

— Tant mieux, je ne travaille pas aujourd'hui, puis-je espérer te voir ?

Elle prend sa voix la plus désolée pour expliquer que ce ne sera pas possible : elle a tellement de choses à faire, mais que c'est promis, demain soir, elle viendra chez lui ! Tonio ne dit rien, elle comprend qu'il n'est pas bien content, tant pis. Elle démarre en trombe et file chez Sylvie. Celle-ci l'accueille dans un kimono d'intérieur de soie noire, ses longs cheveux blonds ondulent sur ses épaules. Elle arbore un large sourire. Mathilde devine qu'elle ne porte pas de sous-vêtements et, lorsqu'elle la serre contre elle pour l'embrasser, elle sent les pointes de ses seins toutes dures. Après les formules classiques, accompagnées de discrètes caresses dans le dos, elles s'installent dans le salon devant un verre de whisky.

— Alors on y va ? lance Mathilde.

— Si tu veux. On en était où ?

— Chez les sœurs, au Puy-en-Velay.

— Ah oui, inutile de te dire que de ce jour, je n'ai plus regardé sœur Marie-Thérèse ni ma camarade du même œil. Tous les soirs, je guettais et, lorsqu'elles se retrouvaient toutes les deux dans la chambre de la pionne, j'allais me rincer l'œil avant de revenir me faire du bien. Mon manège n'est pas resté longtemps inaperçu par ma voisine de gauche, une de mes collègues de classe. Intriguée par toutes ces allées et venues, un soir, elle m'a suivie et avec moi a profité du spectacle. Revenues ensemble dans le dortoir, nous avons décidé d'en faire autant. Ce qui fut ma première expérience homosexuelle ; je dois dire que c'est un très bon souvenir. Par la suite, nous ne pouvions pas passer plus de deux jours sans nous masturber mutuellement ; parfois, je la branlai avec ma tétine pendant qu'elle me léchait la chatte. C'est comme ça qu'un jour, ou plutôt un soir, alors que nous étions parties dans nos fantasmes, sœur Marie-Thérèse nous est tombée dessus. Tu ne devineras jamais ce qu'elle a fait, cette salope ! Elle nous a emmenées dans sa chambre et, sous la menace de tout raconter à la directrice, nous a ordonné de continuer ce que nous avions commencé. Elle s'est assise sur le fauteuil, bien en face de nous. Ma copine et moi, à poil et malgré la gêne, nous avons repris nos ébats en gardant un œil craintif sur la pionne. Le fait d'être observée m'a procuré une sensation nouvelle loin d'être désagréable et je crois que mon plaisir en a été encore plus fort. L'autre vicieuse s'était remonté la chemise jusqu'à la taille et s'était mise à se tripoter. Une main sur son énorme poitrine, l'autre entre ses cuisses, elle soufflait comme un taureau en rut. Nous, nous étions au bord de la jouissance lorsqu'elle s'est saisie de ma tétine qu'elle m'avait confisquée et dans un grognement se l'est enfoncée dans la chatte. Le va-et-vient nerveux qui s'ensuivit, accompagné de petits cris qu'elle tentait d'étouffer, a fini de nous faire oublier les convenances et nous avons toutes les deux joui avec néanmoins un peu de honte. Cette nuit-là, je m'en souviens comme si c'était hier. Mon penchant pour l'exhibitionnisme doit venir de là.

Cette dernière phrase, elle l'énonce dans un éclat de rire, avant de poursuivre :

— Toujours est-il que cette bourrique a gardé ma tétine. Je me suis de nombreuses fois demandé si elle s'en était servie souvent et longtemps.

Mathilde rit à son tour de tout son cœur ; cette histoire l'amuse beaucoup et Sylvie le remarque.

Jacques arrive sur ces entrefaites ; il est ravi de constater la présence de Mathilde. Lorsqu'il la prend pour l'embrasser, sa main droite lui caresse un peu son sein gauche et ses lèvres se posent juste à côté de sa bouche colorée d'un rouge vif. La jeune femme est ravie de ce contact. L'odeur qu'il dégage, un mélange de parfum et de légère sudation, lui titille les narines. Sa barbe naissante lui pique un peu la joue tandis que son autre main lui agrippe la hanche. Cet instant, l'étudiante le prolongerait bien un peu… Après qu'il s'est mis à l'aise et servi un verre, il vient s'installer avec les deux femmes. Il s'enquiert de l'avancée de leurs travaux. Sylvie ne lui a rien caché de sa vie d'avant et le récit des aventures sexuelles de son épouse l'amuse beaucoup. Après le résumé que lui fait Mathilde, celui-ci lance dans un sourire :

— Tu n'en es pas encore au plus intéressant ! Tu vas voir, ma petite femme est un drôle de numéro !

Son regard de connaisseur apprécie la vue qu'il a sur l'échancrure du kimono de sa femme assise près de lui. La jeune étudiante se dit qu'une fois qu'elle sera partie, il est fort probable que le pyjama de soie ne restera pas longtemps sur les fesses de Sylvie. De temps à autre, le regard de l'homme quitte le décolleté de son épouse pour plonger sur les cuisses de leur hôte. Ce qui se passe dans sa tête, il n'en dit rien, mais Mathilde le devine aisément. Elle se dit que, ma foi, pourquoi pas, une petite séance de « pattes en l'air » à trois avec ces deux-là, ce doit être bien… Sylvie pense que cela fait quelques semaines qu'ils ne sont pas allés dans le club échangiste qu'ils fréquentent régulièrement et même si Jacques est toujours assidu, un peu de fantaisie ne serait pas pour lui déplaire. Reprenant ses esprits, d'un coup, elle déclare :

— Bon, reprenons !

Mathilde attrape son stylo et remet son bloc-notes sur ses genoux.

— Après cette année agitée durant laquelle j'ai surtout appris en matière de sexe, je suis revenue chez mes parents. Inscrite dans le lycée qui se trouvait à deux pas de notre appartement, je m'y rendais à pied. De ce fait, je passais quatre fois par jour devant la boucherie du quartier, juste à l'angle de ma rue. Dans la boutique, il y avait un jeune boucher, beau comme tu ne peux pas savoir. Chaque fois qu'il me voyait, j'avais droit à son magnifique sourire. Ma copine de l'époque, une gentille fille un peu nunuche, l'avait aussi remarqué et c'était la compétition entre elle et moi. Bien que très jolie et bien faite, elle n'a pas pu rivaliser avec mon supposé dévergondage affiché. Il semblait que j'avais déjà une longue expérience, plusieurs années de vices et de combines pour assouvir mes envies de sexe et de plaisir. Même si ce n'était pas encore vraiment la réalité, pour ce qui était du vice en tout cas, je n'en manquais pas. Toujours volontaire pour aller chercher du pain ou autre chose, ma mère ne me reconnaissait pas. Un vendredi soir, après les cours, elle m'a demandé d'aller acheter un filet de veau. Elle voulait le préparer pour la visite de mes grands-parents. J'ai sauté sur l'occasion et filé en quatrième vitesse voir de plus près l'objet de mes fantasmes. C'est lui qui m'a servie, j'avais le cœur qui battait la chamade et, lorsqu'il a souri en me voyant, j'ai cru que j'allais m'évanouir. Il ne me fallut pas longtemps pour obtenir un rendez-vous et, le soir même, je suis allée le retrouver en m'éclipsant discrètement. Nous avions convenu de nous retrouver vers vingt-deux heures dans le petit square du quartier. Je n'avais pas mis de culotte sous ma jupe ni de soutien-gorge sous mon pull.

Jacques sourit avant de déclarer :

— Tu étais déjà une vraie petite salope !

— C'est vrai ! J'avais envie de bite et il fallait que j'en trouve une très vite ! rétorque Sylvie dans un rire, tout en posant la main sur l'entrejambe de son homme, faisant mine de le branler.

Mathilde s'amuse beaucoup de les voir faire et rit à gorge déployée. Elle a bien compris maintenant qu'un jour, cela finirait par une baise à trois et l'idée lui plaît de plus en plus.

— Bon, continuons. Lui aussi d'ailleurs s'appelait Jacques, alors on dira « le boucher ». Il est arrivé presque en même temps que moi et d'entrée, sans rien dire, m'a roulé un magistral patin. En moins de temps qu'il ne faut pour le dire, je me suis retrouvée allongée sur un banc public, les jambes écartées, le boucher entre mes cuisses. Il m'a prise comme ça, presque sans préparation, il faut dire que depuis de longues minutes, l'idée de me faire sauter m'avait déjà bien excitée et j'ai joui très vite, avant lui. De réaliser d'être dehors, dans un jardin public, presque dans la rue, où nous pouvions être vus à tout moment, ou alors le fait d'être obligée d'étouffer mes cris de plaisir, je ne sais pas, toujours est-il que j'ai voulu le revoir et obtenu un autre rencard. On s'est donc retrouvés le lendemain, dans le même square, mais il a tenu à m'emmener dans l'arrière-boutique de son patron. Il avait la clef et m'a entraînée dans le laboratoire de la boucherie. J'avais encore joué fin pour m'échapper sans que mes parents s'en aperçoivent et m'enfuir comme ça le soir pour assouvir mes besoins de sexe ajoutait une excitation. Lorsque je suis entrée dans la boucherie, j'étais déjà toute mouillée, le clitoris au garde-à-vous. Une odeur de viande et de sang se dégageait de cette pièce que la pénombre finissait de rendre sinistre et inquiétante. Sans mot dire, il m'a basculée sur le billot, m'a fourré sa langue dans la bouche et a commencé à me triturer la chatte avec ses gros doigts boudinés. Je montais rapidement dans les tours malgré une sensation bizarre. Toutes ces pauvres bêtes que l'on dépeçait ici, cette odeur de mort qui loin de me gêner, au contraire, me faisait dégouliner du plaisir sur les cuisses, cette ambiance sinistre, tout m'excitait. D'un coup, il m'a fait descendre de la table, m'a retournée et basculée en avant. Je me suis retrouvé le visage écrasé contre le plan de travail, il me tenait par les hanches et, avant que j'aie pu dire quoi que ce soit, il m'a mis sa grosse bitte dans la chatte. Il n'y a pas eu beaucoup de va-et-vient, il a très vite joui, moi aussi, très fort. Avant d'avoir débandé, il a voulu que je le suce, ce que j'adore toujours faire aujourd'hui. Il bandait comme un bouc et il n'a pas fallu longtemps pour qu'il éjacule de nouveau, cette fois dans ma bouche. J'étais tellement excitée que je me masturbais en dégustant son sperme. Cela ne lui a pas suffi. À peine quelques minutes plus tard durant lesquelles il m'avait, lui aussi, fait jouir avec sa langue, il me retournait de nouveau et, après avoir rapidement dilaté mon petit trou, m'enfonçait sa grosse queue dans l'anus. Alors là, je ne te raconte pas, c'était bien préparé et je n'ai pas eu mal, au contraire, j'ai pris un de ces pieds. Je peux te le dire maintenant, j'ai rarement trouvé d'homme comme lui, capable de tirer trois coups d'affilée sans pratiquement débander. Avec le recul, je crois même que si l'heure ne m'avait pas fait rentrer, il m'en aurait sûrement mis encore une bonne secouée. Après une telle aventure, tu comprends bien que je l'ai souvent revu. Un jour, ou plutôt un soir, il m'a demandé quel fantasme je voudrais réaliser. Moi, comme toutes les femmes, j'en avais plusieurs, mais celui qui me tentait le plus était celui de la prostituée. « Pas de problèmes, je vais en parler à deux ou trois copains et je t'organise ça », m'a-t-il répondu.

CHAPITRE VII

— Quelques jours plus tard, je me suis retrouvée dans l'appartement d'un de ses copains dont les parents étaient partis en week-end. J'étais en compagnie de cinq hommes qui avaient tous le regard, soit sur mon décolleté, soit sur mon cul. Un mélange d'appréhension, d'excitation et d'impatience m'habitait en découvrant cette équipe de petits salopards qui se réjouissaient d'avance de ce qu'ils allaient me faire. Après avoir bu, pour moi, deux whiskys, pour les mecs, je ne sais combien de bières, ils décidèrent de jouer au poker l'ordre de passage entre mes cuisses. Tout en jouant, les lascars ne se gênaient pas pour laisser leurs mains se balader sur moi. Je n'en pouvais plus d'attendre et je ruisselais entre les cuisses. J'avais les seins dressés comme des obus. Toutes ces mains qui me passaient dessus me rendaient folle. Enfin le premier que la chance avait désigné, un grand blond, sec et mal rasé qui sentait fort la sueur, m'a pris par la main et entraînée dans la chambre.

Là, il m'a attrapée par les cheveux et, tout en me forçant à me mettre à genoux, m'a mis le visage devant son sexe qu'il avait déjà miraculeusement sorti de son pantalon. Il m'ordonna alors : « Mets-toi à poil et suce-moi, salope ! » Aussitôt dit, aussitôt fait ; j'étais déjà nue sous ma petite robe. Je prenais sa queue dans la bouche, une main qui dirigeait la manœuvre, de l'autre, je lui enserrais les couilles tout en me frottant la chatte sur mon talon. Il avait réussi à m'attraper un sein dont il me pinçait doucement la pointe. Je me suis mise à onduler, mon pied qui frottait mon clitoris contribuait à faire monter mon plaisir. Très vite, il s'est vidé dans un grand soupir et m'a rempli la bouche de sperme, un sperme au goût très fort et en grande quantité. Il avait une sacrée provision. Moi, le frottement sur le bas de ma jambe avait fait son œuvre et j'ai pris mon premier plaisir de ce début de soirée.

Le second était plus petit, mais tout aussi vicieux. Lui, il a voulu me prendre en levrette, il avait une façon de me tenir sur le lit et de donner des coups de reins qui me faisaient miauler comme une chatte en chaleur, ce que j'étais d'ailleurs. Cela n'a pas duré longtemps. D'un coup, il m'a mis son pouce dans l'anus et tout en l'agitant de plus en plus vite, a accéléré la cadence de son bassin. De son autre main, il m'a attrapé les cheveux et me tirait la tête en arrière. J'étais sa chose, son objet de plaisir. Quand j'ai senti son foutre m'envahir, j'ai de nouveau joui en criant qu'il était un salaud, que je sentais bien sa grosse bite, qu'il fallait qu'il continue, et sûrement d'autres choses encore...

Le troisième que les cartes ont désigné était un petit gros rigolard avec des pommettes saillantes et des dents d'une blancheur inhabituelle. C'est le seul qui m'a embrassée. Il avait une haleine qui sentait bon le dentifrice malgré les multiples bières ingurgitées. D'être dans ses gros bras potelés m'excitait, j'ai de nouveau eu le feu dans le bas-ventre. Il est resté classique, il m'a couchée sur le dos et s'est mis à poil. J'ai alors vu son sexe, plutôt petit, mais orgueilleusement dressé. Tout en se caressant l'oiseau, il s'est approché de mon visage et m'a demandé d'ouvrir la bouche, il a mis son gland entre mes lèvres tout en me branlant de son gros doigt. Il ondulait et, à chaque coup de langue que je passais sur son nœud, il grognait comme un étalon en rut. Un peu du foutre de celui d'avant et beaucoup de mon désir, j'étais trempée jusqu'à mi-cuisse. Je me sentais bien, sa queue dans ma bouche, son gros doigt qui tremblait à l'intérieur de moi. Ensuite, il en a mis deux, et là j'ai recommencé à décoller et à gémir de plus en plus fort. Ses deux gros doigts qui me fouillaient le con, ce sexe dans ma bouche qui sentait bon et ce petit gros qui haletait de plus en plus vite, cela m'a fait monter très vite et pour pouvoir crier lorsque j'ai joui, j'ai sorti son appendice de ma bouche. À ce moment-là, il s'est lui aussi lâché et m'a aspergé le visage de sa semence. J'avais du sperme sur presque toute la figure, jusque sur un œil. Tout en continuant à prendre mon pied, j'approchais de ma langue, à l'aide de son sexe, son liquide resté sur mes joues et je le dégustais avec bonheur. Tout ceci bien sûr, dans de grandes clameurs de plaisir. Tu imagines dans quel état étaient les deux autres qui attendaient leur tour. J'ai à peine eu le temps d'aller me rincer le visage et le minou. Lorsque je suis revenue dans la chambre, ils étaient déjà là tous les deux, à poil, le dard au garde-à-vous. Mon amant le boucher était couché sur le lit, son copain, qui était resté debout, se caressait en me regardant d'un œil lubrique, un petit sourire au coin des lèvres. Je me suis avancée, déjà ce spectacle avait relancé les papillons de mon bas-ventre. Mon amant m'a ordonné de le sucer, ce que j'ai commencé à faire. J'étais courbée en avant, une main sur ses bourses, l'autre qui dirigeait la manœuvre. C'est alors que j'ai senti les mains du deuxième larron me saisir les deux seins et me les triturer. Sa verge collée sur mon anus, bien entre les deux fesses, il se frottait comme un chien le fait parfois sur la jambe d'une personne. Tu te doutes bien que cette situation m'a de nouveau surexcitée et je me suis retrouvée encore une fois avec la chatte trempée, une vraie salope. Je m'appliquais de mon mieux pour sucer mon mec et mon propre plaisir allait croissant. Soudain, mon boucher m'a ordonné de m'allonger sur le côté, il m'a pénétrée et a commencé son va-et-vient qui, à chaque coup de reins, faisait monter mon plaisir. L'autre qui se branlait vers mon visage s'est soudain allongé derrière moi. J'ai deviné sa grosse bite qui cherchait mon anus et rien qu'à l'idée de ce qu'il allait faire, j'ai joui une nouvelle fois. Mon copain grognait et donnait de grands coups de reins, qui à chaque fois m'arrachaient un grand soupir. Lorsque l'autre m'a mis son sexe dans le petit trou et malgré une légère douleur très vite disparue, j'ai de nouveau pris mon pied, comme tu ne peux pas savoir. À ce moment-là, j'aurais même voulu qu'il y en ait un troisième que j'aurais sucé jusqu'à ce qu'il décharge. J'en avais la tête qui tournait, j'étais au bord de l'évanouissement. Ils se sont vidés tous les deux presque en même temps, j'ai senti ce foutre chaud envahir mon anus. Dans le mouvement, il est venu me mordre le cou et j'ai crié de douleur, ou de plaisir, je ne sais plus. Moi je n'arrêtais pas de jouir, je voulais que cela continue. J'ai attrapé la tête du boucher et l'ai embrassé à pleine bouche, gigotant de tout mon corps pour faire une nouvelle fois bander ces deux chiens. Mes cris de plaisir ont fait leurs effets et j'ai perçu leurs bites, de nouveau, grossir en moi. Cette fois, ils ont tenu plus longtemps et moi je ne sais combien de fois j'ai perdu pied, abandonnant toute retenue et hurlant mon plaisir. Je crois bien que ce jour-là, j'ai mérité d'aller au paradis des salopes.

Lorsqu'ils m'ont abandonnée, comme on jette un vieux chewing-gum, je suis restée là, sur le lit, nue et souillée de tous les trous, durant une bonne demi-heure avant de reprendre mes esprits. Les hommes avaient recommencé à boire dans le salon. Ils riaient fort. Moi après une longue douche, je me suis éclipsée sans faire de bruit. J'ai bien mis trois ou quatre jours pour me remettre de cette expérience, jours durant lesquels je n'ai vu personne. La honte m'avait envahie et j'avais l'impression que tout le quartier était au courant de mes turpitudes. En même temps, je ne regrettais rien : j'avais eu du plaisir comme jamais et je me disais que si un jour l'occasion se représentait, je ne me ferais pas prier.

Mathilde est troublée par la saga de ces aventures et elle se dit qu'elle devrait rendre une petite visite à son professeur pour éteindre le début d'incendie qui vient de se déclarer dans sa petite culotte. Elle prend rendez-vous dans trois jours avec Sylvie et s'éclipse rapidement. Il y a fort à parier qu'il ne faudra pas dix minutes pour qu'après son départ, Sylvie et son homme se retrouvent à poil sur leur canapé. Elle a promis à Tonio d'aller chez lui le lendemain, mais ce soir elle se rend chez Georges et cette idée ne fait qu'augmenter les trémolos des papillons qui s'agitent dans son bas-ventre. Les récits de Sylvie l'ont excitée et, chez Georges, elle ne va pas perdre de temps à discuter. Ce n'est que tard dans la soirée qu'elle rentre chez elle, le corps assouvi de ses désirs. Elle s'endort très vite, la fatigue et l'heure avancée ont raison de son énergie.

Lorsqu'elle s'éveille, vers huit heures trente, elle déjeune et une fois douchée, s'installe devant son ordinateur pour analyser et commenter le récit de Sylvie. Sa thèse avance bien, elle est contente de son travail. En fin de matinée, elle se prépare un plat surgelé, l'avale rapidement et décide d'aller s'offrir des sous-vêtements coquins. Dans le magasin, elle sélectionne trois ensembles et s'isole dans une cabine pour les essayer. Lorsqu'elle passe le deuxième, un soutien-gorge balconnet en dentelle qui lui remonte la poitrine et un string ajouré sur le pubis, de couleur rouge vif, elle se décide tout de suite, sans même passer son troisième choix. Elle le mettra ce soir pour se rendre chez Tonio. Elle lui a promis et, même si elle n'arrête pas de penser à son professeur, elle aime bien sa façon de lui faire l'amour. L'idée de se retrouver avec Tonio dans ces sous-vêtements, de savoir que cela va le faire bander comme un bouc, excite son impatience. Elle ne portera que ça sous son manteau pour se rendre chez lui. Il est vingt-deux heures trente lorsqu'elle sonne chez son amant. Elle a finalement mis une gabardine beige clair et est chaussée de talons hauts de couleur rouge, comme ses dessous. Tonio arbore un large sourire lorsqu'il ouvre la porte, il a terminé son service il y a à peine une demi-heure et a juste eu le temps de se doucher, se parfumer et d'enfiler une robe de chambre noire aux motifs japonais. Une rapide série de baisers sur la bouche plus tard, elle se débarrasse de son imper qui termine sur le sol du salon, il la découvre alors dans l'ensemble qu'elle vient de s'offrir. Il jette le mince vêtement qui masque son corps et exhibe un membre qui s'est mis en érection à la vue de ce spectacle. Elle se jette à genoux, s'empare du sexe de son amant et le lèche comme s'il s'agissait d'un esquimau à la vanille. Lui, les deux mains dans les cheveux de son amie, ronronne comme un gros matou. La belle petite culotte rouge est déjà trempée et la jeune femme ondule comme un poisson qui remonte le courant d'une rivière. Quelques instants après, ils sont tous deux couchés sur la moquette de l'appartement, lui en train de sucer un des seins de sa visiteuse, elle, qui a son beau sous-vêtement sur le bas d'une cuisse, en train de se caresser le clitoris avec le gland de Tonio. Soudain, elle se met à quatre pattes et supplie qu'il la pénètre :

— Prends-moi ! Vite ! Défonce-moi, j'en peux plus ! Je veux sentir ton foutre m'envahir !

L'homme ne se fait pas prier, il se met à genoux derrière elle et la pénètre sans ménagement. Il la tient fermement par les hanches et, à chacun de ses mouvements nerveux du bassin, elle pousse de petits cris qui finissent par être des hurlements. Tonio, qui jusque-là était plutôt réservé, se surprend à prononcer :

— Mais tu prends ton pied, petite salope ! Je vais te remplir, grosse pute !

La voix et les mots de son amant finissent de la faire décoller et elle hurle son plaisir :

— Oh oui, c'est bon ! Tu es un salaud, tu l'aimes, mon cul, hein !? Je la sens bien, ta grosse queue ! Je vais encore jouir ! Oui ! Oui ! Ouiiiiii !

Les voisins ont sûrement profité de la musique et il y a fort à parier que cette symphonie aura déclenché quelques ébats amoureux dans l'immeuble. La séance dure encore longtemps dans la soirée. Lorsque Mathilde rentre chez elle, il est plus d'une heure du matin. Elle est restée nue sous son imper, son ensemble, encore humide de son désir est roulé en boule dans son sac à main. Arrivée chez elle, elle jette ses chaussures, laisse tomber par terre le peu qu'elle a sur elle et s'écroule sur son lit, les jambes écartées.

CHAPITRE VIII

Le lendemain matin, elle est de retour à la fac pour un nouveau cours de son autre amant. Lorsqu'il l'aperçoit, il lui jette son plus beau sourire ce qui la laisse toute rêveuse. Sa partie de jambes en l'air avec Tonio n'a, semble-t-il, pas suffi à calmer ses ardeurs et envies de sexe ; elle est prête à remettre ça avec Georges. C'est probablement les récits de Sylvie qui font qu'elle a le feu au cul en permanence. Après les deux heures de cours, elle ne voit pas son prof, qui a d'autres étudiants à instruire. Elle rentre chez elle. Une heure sur le travail de sa thèse et elle décide de manger un morceau. Un plat surgelé passé au micro-ondes et avalé en dix minutes, et elle se remet à son ordinateur en compagnie d'un Coca-cola glacé.

Cela fait plus de trois heures qu'elle épluche ses notes, analyse, commente, suggère des raisons à certains comportements, bref travaille comme une forcenée, lorsque son portable se met à vibrer.

Elle est surprise, c'est Julie. Au souvenir de sa dernière visite, elle sourit en se remémorant ce qu'elle avait deviné lorsqu'elle l'avait laissée tout excitée. Après quelques banalités sur le temps, les impôts, la vie trop chère et les jours qui rallongent, Julie l'invite à venir boire l'apéritif. C'est convenu pour dix-huit heures trente ce soir. *Son homme doit encore être absent,* pense Mathilde, *elle s'ennuie et a besoin de compagnie. Ou alors c'est de récits cochons qu'elle a besoin !* Cette idée fait sourire Mathilde. Cela tombe bien, elle commençait à en avoir un peu marre de taper sur son « Hewlett-Packard », une petite sortie lui fera du bien. Elle se douche rapidement, s'habille, se maquille et se donne un rapide coup de peigne. Elle remet ses chaussures rouges ce qui allonge encore un peu plus sa silhouette. Elle laisse ses jambes nues. Elle sort et se dirige vers sa voiture garée non loin du café. Elle aperçoit son amoureux en train de nettoyer l'intérieur des vitres du bistrot. Lorsqu'il la voit, il lui lance un grand sourire et lui fait un petit signe de la main. Elle lui rend son bonjour accompagné d'un regard coquin qui frise l'indécence. En montant dans sa voiture, elle écarte volontairement les jambes pour qu'il puisse voir sa petite culotte qui est noire.

Dans la zone pavillonnaire où se trouve la maison de Julie, il règne un calme rassurant qui tranche avec le tumulte de la ville. Mathilde traverse le petit jardin que son amie entretient avec passion ; une odeur de fleurs parfume l'air. Elle monte les quatre marches du perron et sonne. Presque aussitôt, comme si elle avait été derrière la porte, Julie ouvre et Mathilde est stupéfaite de voir sa copine comme elle ne l'avait encore jamais vue auparavant. En effet, celle-ci s'est rendue chez sa coiffeuse : elle a maintenant des mèches blondes qui lui donnent un petit air moderne. Elle est maquillée et porte une robe noire serrée à la taille par une large ceinture de cuir rouge. Le décolleté qui laisse deviner sa poitrine permet d'entrevoir un soutien-gorge assorti à la ceinture. Elle est chaussée d'escarpins, également rouges, et ses jambes, d'une belle couleur ambre, sont nues.

La surprise passée, elles s'embrassent et Julie invite sa visite à la suivre dans le salon. Mathilde, qui se trouve derrière, ne peut s'empêcher d'admirer son cul qui est mis en valeur et qui ballotte dans sa robe. À peine installées dans les confortables fauteuils de velours vert anglais, Julie se ravise et se relevant d'un bond, dévoilant ainsi ses cuisses à son hôte, elle demande :

— Veux-tu boire quelque chose ? Un whisky peut-être ?

— Bonne idée ! répond Mathilde, non sans avoir remarqué que la petite culotte de Julie était elle aussi assortie au soutien-gorge.

Les verres sur la petite table, la copine se rassoit et dévoile à nouveau son sous-vêtement bordé de dentelles. Les convenances exigent de n'aborder les sujets scabreux qu'après une courte discussion sur le temps ou le coût de la vie. Ceci fait, Julie, qui brûle d'impatience, attaque :

— Alors, où en es-tu de tes travaux ?

Mathilde sourit et commence à raconter, en omettant quand même quelques scènes qu'elle juge un peu trop fortes pour les oreilles de son amie. En effet, sans donner trop de détails, il semble que, de toute évidence, la jeune femme n'imaginait pas que cela puisse exister en dehors des films pornos. Elle semble de plus en plus intéressée et son regard se perd dans le vague.

Une heure et demie et trois verres d'alcool plus tard, elles sont toutes les deux très excitées. Elles rient beaucoup, se trémoussent sur leur fauteuil, laissent aller leur langage et leur bienséance. Mathilde est de plus en plus admirative des jambes de son amie. Elle la complimente sur ses formes, en particulier sur ses seins et sa chute de reins. Elle lui dit que son changement de look est une véritable réussite, qu'à son humble avis, aucun homme normalement constitué ne devrait rester insensible à son charme. Julie, un peu troublée par ces compliments, répond :

— Tu sais, c'est grâce à toi : il y a un moment que je t'admire et j'ai essayé de te ressembler. Depuis quelque temps, il s'opère un changement dans la vision que je pouvais avoir de moi. Je crois que ce bouleversement, dans ma tête, je te le dois.

Elle en veut pour preuve les dessous qu'elle a achetés la veille et qu'elle propose de lui montrer. Aussitôt dit, elle se lève d'un bond, manque de perdre l'équilibre, se stabilise et commence à dégrafer sa robe qu'elle laisse glisser jusqu'au sol. Elle se positionne devant Mathilde, son ventre, bien plat, est à quelques centimètres du visage de la belle étudiante qui respire les effluves de son parfum. Elles échangent des considérations sur la qualité des matières. Mathilde lui raconte qu'elle ne porte que des dessous faits dans les mêmes matériaux, tout en glissant deux doigts à l'intérieur de la petite culotte pour en apprécier la qualité. Elle sent alors, au bout de son index, la toison frisée de sa copine. Julie, tout émoustillée, se rapproche encore un peu et passe doucement sa main dans les longs cheveux de son amie. De son autre main, qu'elle a posée sur l'épaule de son invitée, elle l'attire doucement contre elle. Mathilde se laisse faire. Elle est bien, le whisky, les odeurs, les formes attirantes et la tendresse de sa partenaire de sport, lui donne une furieuse envie de faire l'amour. Peu après, elle a la tête sur le ventre de sa complice, ses deux bras enserrent les cuisses de Julie qui est toujours debout. Toutes deux respirent fort. Julie met une main sur le sein droit de sa copine et le caresse doucement. L'étudiante, elle, promène ses lèvres humides sur le ventre de la jeune femme et, de temps en temps elle passe sa langue sur la peau satinée de sa camarade. Toujours debout devant Mathilde, qui est restée assise, Julie déboutonne le chemisier de sa copine et le fait glisser le long de ses bras. Elle l'invite à se lever et lui dégrafe doucement sa jupe qui tombe sur le sol. Mathilde est extrêmement excitée, elle prend la tête de sa copine à deux mains et lui enfonce sa langue dans la bouche. Le souffle court, elle colle son corps à demi nu contre celui de son amie qui s'est mise à ronronner comme une chatte en chaleur. Elles restent comme ça, debout, à se passer les mains sur tous les endroits du corps et à s'embrasser goulûment. Puis, d'un coup, Julie décide de s'allonger par terre, sur le tapis. Elle attire Mathilde qui en train de se mettre complètement nue par le bras et l'incite à s'allonger à côté d'elle. Sa petite culotte, toute mouillée, est jetée sur le sol. Elles s'embrassent nerveusement pendant un petit moment, puis elles se mettent à genoux. Mathilde passe une main entre les jambes de Julie qui, d'instinct, les a écartées et lui fait glisser, doucement, sa belle petite culotte de dentelle noire. Elle se contente de dégager une jambe et laisse le sous-vêtement sur l'autre mollet. Après avoir libéré la poitrine de sa partenaire, elle lui saisit un sein dans chaque main et va de l'un à l'autre avec sa bouche. Elle suce, lèche, mordille les bouts durcis de son poitrail. Cela dure un moment durant lequel la pauvre Julie en perd sa respiration. Pourtant, elle est encore assez lucide pour prendre l'initiative de caresser, elle aussi, les mamelons de sa complice de jeu. Mathilde décide alors de se reculer et, toujours à genoux, se penche en avant, les fesses en l'air, d'une main experte, elle écarte les lèvres du sexe de Julie et lance sa langue à l'assaut d'un clitoris dressé comme un pieu. Celle-ci, les jambes repliées, se tient maintenant les seins et la tête de côté, les yeux grands ouverts, admire dans le miroir du living le cul de celle qui lui donne tellement de plaisir. Elle gémit de plus en plus fort et son corps est agité de soubresauts. Soudain, semblant se réveiller, elle se dégage, se redresse, part en courant dans la cuisine d'où elle revient presque aussitôt un gros concombre à la main.

— Reste à quatre pattes ! ordonne-t-elle.

— Oui, mets-le-moi…, souffle Mathilde qui n'en peut plus de désir.

Sur ses genoux, proche de son amie qui a la tête sur le tapis et le cul en l'air, Julie enfonce doucement le légume dans le bas-ventre de Mathilde qui lâche un râle de plaisir. La taille du concombre, les petites bosses sur sa surface et les va-et-vient nerveux que Julie lui fait faire font que la belle étudiante se met à jouir comme une forcenée. Ses cris de plaisir finissent d'exciter Julie qui, à son tour, s'enfonce ce sexe végétal dans la chatte. Mathilde s'en saisit et commence à la branler tout en lui tirant la tête en arrière par les cheveux. Celle-ci grogne son plaisir.

— Mais dis donc, on dirait que tu aimes ça, petite salope !

— Oh oui, c'est trop bon, continue, plus vite, insulte-moi encore, je ne suis qu'une grosse chienne !

— Trainée ! Je savais que tu te branlais, j'en étais sûre !

— Oh oui, souvent ! C'est trop bon, je vais jouir… Haaa…

— Petite pute, ton mec ne te suffit pas, hein, catin ! Je vais te le mettre dans le cul, salope !

Et Julie de jouir comme rarement.

Après avoir eu du plaisir chacune plusieurs fois, les deux femmes se douchent, se refont une beauté et parlent encore beaucoup jusqu'à tard dans la soirée. Jérôme rentre enfin, mais ne remarque pas la complicité qui s'est installée entre elles. Ils se mettent tous les trois à table et partagent le repas que Julie a sorti du congélateur. Il est vingt-trois heures quinze lorsque Mathilde prend congé et, après les vingt minutes de route, elle se gare sur la petite place, rentre chez elle et se couche pour s'endormir rapidement.

CHAPITRE IX

Le lendemain matin, l'étudiante se lève de bonne heure et de bonne humeur. Après sa douche et un copieux petit déjeuner, elle se met au travail sur son ordinateur. À dix heures trente, elle file à la fac pour le cours de onze heures. Durant l'exposé de Georges, elle a toutes les peines du monde à se concentrer. Du haut de sa chaire, le professeur démontre, explique, analyse, reprend des théories, cite de grands noms, mais n'arrive pas à capter l'attention de Mathilde. Son esprit est ailleurs, elle repense à son après-midi de la veille et au plaisir qu'elle a eu de faire l'amour avec Julie. Ni les œillades du professeur ni l'idée d'aller rejoindre Tonio tout à l'heure n'arrivent à lui faire sortir ces images de l'esprit.

Vers midi, à la fin du cours, elle s'éclipse discrètement et file rejoindre le serveur du café de la place. Il est de service et est ravi de s'occuper d'elle. La commande d'un sandwich jambon beurre et d'un verre de côte du Rhône passée, elle échange quelques banalités avec d'autres clients qu'elle a déjà vus dans l'établissement. Plusieurs d'entre eux sont également venus se restaurer avant de reprendre leur activité professionnelle. Elle plaisante avec Tonio, qui court derrière son comptoir, allant de droite à gauche et de gauche à droite faisant claquer aux passages les portes du comptoir réfrigéré, les mains et les bras encombrés de bouteilles et de verres. *Quelle énergie !* pense Mathilde, qui ne peut s'empêcher d'admirer à chacun de ses passages devant elle le fessier de son amant. Celui-ci, entre deux clients, en profite pour lui déposer un petit baiser sur la bouche, afin de montrer aux hommes qui sont présents que c'est lui l'élu et qu'ils n'ont aucune chance. Pour le cas où certains s'imagineraient qu'elle est libre et prête à se donner au premier venu, la couleur est ainsi annoncée. Elle, qui n'est pas dupe, sent bien ces regards d'hommes qui reluquent sa croupe et qui voudraient bien l'attirer dans un coin pour la culbuter. Avec son amant qui crève de jalousie et qui n'a de cesse de surveiller discrètement sa conduite, cette situation l'excite.

Après un café bien serré, elle rentre chez elle pour un après-midi de travail. À dix-huit heures, elle décide d'appeler Sylvie pour, si elle est libre, lui rendre visite afin de continuer de noter ses confessions intimes. Le rendez-vous est pris pour vingt heures trente. Elle a le temps de se restaurer, se doucher, se parfumer et se faire belle. Il ne lui faut pas plus d'une demi-heure pour aller chez elle, même si à cette heure-là, il y a plus de circulation. Au moment de s'habiller, elle est encore nue devant sa glace, elle opte pour un string blanc qui tranche avec sa peau mate. Elle saisit un soutien-gorge de la même couleur et au moment de le passer, se ravise et décide de rester seins nus sous un pull col V léger en cachemire et de couleur rouge. Elle enfile un pantalon de tergal noir serré à la taille par une large ceinture. Elle décide de manger des restes qui se trouvent dans son frigo, ensuite elle avale une pêche qui lui dégouline sur les mains. Elle se passe un coup de brosse à dents, se recoiffe un peu, enfile son blouson de cuir noir et se dépêche de partir. Elle a quand même réussi à se mettre en retard. Les talons hauts jouent les castagnettes dans l'escalier de l'immeuble. La porte du hall claque et la petite Austin démarre en trombe de sa place de parking.

Pendant le temps qu'il lui faut pour se rendre chez Sylvie, elle repense à Julie. Elle se dit qu'elle n'aurait jamais pensé ça d'elle. Elle sourit à l'idée que Jérôme, son mari, a peut-être voulu faire l'amour hier au soir après qu'elle les a quittés. Au feu rouge, une voiture de police s'arrête à côté de la sienne, trois flics en uniforme à l'intérieur. Comme un seul homme, ils tournent la tête pour la regarder et lui sourient. Elle leur rend un sourire accompagné d'un regard qui se veut mystérieux. Elle se dit que c'est quand même un atout d'être une jeune et jolie femme.

Arrivée devant le pavillon de Sylvie, elle trouve une place de parking libre, elle fait un savant créneau et descend avant de se diriger vers le domicile de sa narratrice. Elle sonne à la porte du pavillon et la maîtresse des lieux vient lui ouvrir. Elle est vêtue d'un pyjama d'intérieur en soie noire. Lorsque les deux femmes se prennent dans les bras, Mathilde sent ses seins nus contre les siens également nus sous son pull et cela la fait frissonner. Elles s'installent dans le salon. Après avoir servi des rafraîchissements, Sylvie s'assoit en face de sa visiteuse. Le pyjama de la dame de maison s'est légèrement entrouvert et laisse apparaître le début d'une poitrine généreuse.

— Alors, tu avances dans tes travaux ? demande Sylvie.

— Je commence à avoir plusieurs éléments très intéressants, mais je dois encore enquêter, la matière est tellement vaste, je reste persuadée de ne pas avoir recueilli assez de témoignages ou d'expériences personnelles pour bien cerner le sujet. Je compte beaucoup sur toi pour m'éclairer, dit-elle dans un grand rire.

— Ne t'inquiète pas, je ne t'ai pas tout dit sur ma vie sexuelle ni sur mes fantasmes, lui répond Sylvie, qui rit à son tour.

Elles discutent de choses et d'autres, puis son hôtesse propose qu'elles se mettent au boulot.

— Bon, j'en étais où ?

— Lorsque ton Jules, le boucher, t'a fait baiser avec tous ses copains.

— Ah oui, je me souviens, ça n'en reste pas moins un super souvenir. Quelques semaines plus tard, mes parents ont déménagé et je n'ai plus revu ni mon amant le boucher ni ses copains qu'il m'arrivait de temps en temps de sucer dans un coin du square. Quelquefois, ils me prenaient à deux dans une cabane de jardin du père de l'un d'eux. Ce déménagement a fait que je me suis retrouvée dans un pavillon en banlieue de Saint-Étienne. Je ne connaissais plus personne, mais comme je ne voulais plus poursuivre mes études, mon père m'a imposé d'aller travailler. J'ai trouvé un job de serveuse dans un bar de quartier. Là au moins, je voyais du monde et l'ambiance du café était sympa. Tous ces mâles qui me tournaient autour, les plaisanteries graveleuses, les regards chargés d'alcool et d'envies avec des mains qui traînaient lorsque je m'approchais des tables, cela m'excitait. Il n'était pas rare qu'à la fin de mon service, le soir, un beau mec m'emmène chez lui pour une séance de pattes en l'air. Je me souviens une fois, un beau Martiniquais d'au moins un mètre quatre-vingt-dix, tout en muscles avec un regard de feu, m'a donné rendez-vous à vingt et une heures trente, après mon service, devant le bar. Je finissais à vingt et une heures, j'ai couru chez moi pour me doucher et me refaire une beauté. J'ai enfilé une robe légère, sans soutien-gorge et sans culotte. Parfumée et maquillée, montée sur des talons hauts et recoiffée, je n'ai eu que dix minutes de retard à son rendez-vous. À mon arrivée devant le café, il m'attendait, docile, vêtu d'un jean moulant et d'un tee-shirt qui lui collait au corps et dessinait son buste musclé. Il était pieds nus dans ses tongs, ce qui le ramenait un peu à ma taille. Il m'a emmenée dans un bar de nuit qu'il avait l'habitude de fréquenter. Il y connaissait tout le monde et semblait très fier de présenter sa nouvelle conquête à ses amis, presque tous noirs. On a bu pas mal. Après plusieurs punchs forts alcoolisés et de nombreuses plaisanteries tendancieuses, il m'a enfin proposé d'aller chez lui. Je commençais à trouver le temps long et j'étais de plus en plus excitée. En effet, l'ambiance, l'alcool, le fait de me savoir nue sous ma robe et tous ces mâles autour de moi qui bavaient d'envie de me tripoter m'avaient mis le feu dans le bas-ventre. À ce moment-là, je me suis dit que je recommencerais bien l'expérience que j'avais connue avec mon ami le boucher et ses copains, mais celui-là n'était pas prêteur. Il habitait tout près de là, mais il a tenu à prendre sa voiture, un cabriolet anglais de couleur vert ; il semblait en être très fier. Je ne connaissais pas la marque et cela ne m'importait vraiment pas. La seule chose qui m'intéressait était entre ses cuisses.

Je languissais de savoir si ce que l'on dit à propos des hommes noirs était vrai. Déjà, en montant les escaliers qui menaient à son appartement, un modeste petit deux-pièces, il avait passé sa main sous ma robe et avait constaté que, dessous, j'étais nue. Il me tripotait le cul et le fait que je ne porte pas de culotte avait fini de l'exciter. En passant ma main sur son pantalon, j'ai senti que son membre était énorme. En même temps, j'ai dû lâcher une giclée de cyprine et ses doigts se sont mis à glisser sur mon clitoris. Il les agitait et moi je commençais à perdre pied. À peine franchie la porte, qu'il n'a pas pris la peine de repousser, il m'a forcée à me mettre à quatre pattes sur le canapé, m'a remonté la robe sur la tête. Il s'est mis à me lécher la chatte, en écartant bien mes fesses. Il me donnait de temps en temps de petits coups de langue sur mon anus. Comme tu peux l'imaginer, je n'ai pas tardé à jouir. J'ai compris qu'il avait envie que je le suce. Je me suis débarrassée de ma robe que j'avais sur la tête, me suis retournée et j'ai dégrafé son pantalon. Lorsque j'ai fait glisser son jeans et son caleçon bariolé, son appendice d'une taille inhabituelle m'a jailli à la face. J'ai alors saisi son gros sexe que je me suis appliquée à lécher. Pendant un instant, j'ai bien cru étouffer, sa verge me remplissait toute la bouche que j'avais pourtant grande ouverte. Malgré le fait que je commençais à manquer d'air, c'était bon et je pensais qu'il n'allait pas tarder à me décharger dans la bouche, lorsque, en un éclair, il m'a retournée et a mis son énorme queue en moi. J'étais tellement excitée, mouillée comme ce n'est pas permis, que malgré le diamètre de sa bite, je n'ai pas du tout eu mal, au contraire, j'ai décollé à la vitesse grand V et de nouveau joui comme une grosse pute. Après quelques va-et-vient nerveux, il s'est vidé dans un grognement bestial. J'ai senti une énorme quantité de foutre m'envahir et j'ai joui encore une fois. J'ai pensé que cela devait faire un moment qu'il n'avait pas baisé pour avoir une telle réserve, d'autant qu'il n'a pas débandé et m'a mis sa verge entre les deux seins et s'est branlé en me comprimant la poitrine. Ça n'a pas traîné, il a de nouveau joui et son foutre m'a giclé à la figure. De ma langue et de mes doigts, j'ai récupéré ce que j'ai pu de sa sève pour la déguster. Elle avait un goût de miel ou de punch, je ne sais plus, mais je me souviens que c'était bon. Il a alors posé sa main sur ma chatte et s'est mis à me titiller le petit bouton. Là, j'ai recommencé à grimper dans les étoiles. À force de jouir, je ne contrôlais plus rien et miaulais, criais, insultais, réclamais. Lui recommençait à bander comme un bouc. Dans ce tumulte, nous n'avons pas entendu que quelqu'un était entré dans la pièce. En revanche, nous avons bien entendu les cris, les hurlements et les insultes de l'épouse de mon partenaire. Elle était rentrée plus tôt que prévu et la découverte de son homme nu avec une femme qui n'avait sur elle que ses chaussures l'a rendue hystérique. Je n'ai pas eu le temps de me rhabiller, je me suis sauvée, les laissant s'expliquer. C'est là que je me suis retrouvée nue dans l'escalier de l'immeuble, ma robe à la main et du sperme plein le visage. Aujourd'hui, j'en rigole, mais ce jour-là je n'en menais pas large.

Mathilde est pliée de rire, elle s'amuse beaucoup de la mésaventure de Sylvie qui rit aussi en se souvenant du cocasse de la situation. Elles en plaisantent pendant un petit moment et, comme l'heure est avancée, Mathilde décide de prendre congé. Rendez-vous est pris pour le lendemain dix heures pour la suite de l'histoire. Les deux femmes s'embrassent et, devenant de plus en plus intimes, Sylvie laisse traîner une main sur les fesses de sa visiteuse qui apprécie la caresse et lui rend la monnaie en touchant doucement un sein de la maîtresse de maison. Elle constate que la pointe de celui-ci est dressée comme un appel à la débauche. Elles s'embrassent sur les joues, mais à la commissure des lèvres. Les regards qu'elles échangent à leur séparation laissent entrevoir un avenir plein de complicités.

De retour chez elle, Mathilde se dit qu'elle devrait appeler Tonio. Ses récits l'ont excitée et elle rendrait bien une petite visite à son amant. Peut-être même pourrait-elle passer toute la nuit avec lui… ? Elle fait le numéro sur son portable, il est chez lui et est ravi de l'entendre. Il lui confie qu'il commençait à s'ennuyer d'elle et que sa présence lui devient de plus en plus indispensable ; il lui avoue que rien que d'entendre sa voix, il bande comme un taureau, bref qu'il est en train de tomber amoureux. La belle est flattée, mais se contente de sourire sans commenter. L'affaire est entendue ; il l'attend donc avec impatience. Après une bonne douche, elle décide, comme dans le récit de Sylvie, de ne passer sur son corps nu qu'une robe légère. Un petit coup de peigne, une retouche de rouge à lèvres et chaussée d'escarpins, elle se rend à pied chez Tonio, qui doit commencer à trouver le temps long.

CHAPITRE X

Le lendemain, de retour à la fac, elle se sent un peu fatiguée ; il faut dire que la nuit qu'elle vient de passer avec Tonio a été plutôt chaude et elle n'a que très peu dormi. Elle porte les marques du manque de sommeil sur son visage et cela n'échappe pas à Georges qui comprend, à ce moment-là, qu'il n'est pas le seul à qui Mathilde offre ses faveurs. Bien que très tolérant et ouvert d'esprit, son orgueil de mâle en prend un coup. Il fait ses deux heures de cours sans la regarder et, à midi, il s'éclipse en l'ignorant par la petite porte qui se trouve derrière la chaire. Mathilde ne comprend pas son attitude, elle ne saisit pas ce qui se passe, mais bien qu'un peu vexée, elle s'en moque. Lorsqu'elle monte dans sa voiture restée au soleil, une forte chaleur la saisit. Elle ouvre grand les vitres, démarre le moteur pour que la clim' commence à envoyer un peu d'air froid. À cet instant, elle regrette d'avoir mis un soutien-gorge et un pantalon. La température de l'habitacle devenue un peu plus supportable, elle repart chez elle. Par chance, il y a une place de libre juste devant le bar où Tonio, qui lui non plus n'a pas l'air très reposé, sert des verres d'apéritif à un couple d'amoureux assis en terrasse. Un petit signe de la main, un sourire et elle s'empresse de rentrer dans l'immeuble.

Le contraste tout relatif du hall avec l'air torride extérieur lui donne une sensation de bien-être. Elle qui, d'habitude, grimpe les escaliers quatre à quatre, opte en cette fin de matinée pour l'ascenseur. L'appartement, dont elle a fermé les stores à l'exception de la fenêtre qui donne au nord et qui est à l'ombre toute la journée, est relativement frais. Elle se débarrasse de ses vêtements ne gardant sur elle que son string noir. La faim se faisant sentir, elle se fait décongeler une pizza qu'elle avale avec un grand verre de rosé bien frais. Lorsqu'elle lave son assiette dans l'évier, devant la fenêtre qui est au nord, elle remarque dans l'immeuble d'en face, une silhouette derrière un rideau à grosses mailles, ce qui le rend légèrement translucide. La forme semble être nue et a une masse noire dans la main gauche. Intriguée, elle redouble d'attention et réalise que la forme est bien nue, qu'il s'agit d'un homme en érection et que ce sont des jumelles qui sont dans sa main gauche. Amusée, elle décide de faire comme si elle n'avait rien remarqué. Elle s'installe sur le fauteuil, bien en face de la fenêtre de la cuisine. Le voisin, étant un étage plus haut, bénéficie d'une vue plongeante sur ledit fauteuil. Elle s'étire, comme si elle s'apprêtait à faire un somme, tout en ne quittant pas du coin de l'œil la baie vitrée de la silhouette. Elle prend une revue sur la table basse, fait mine de lire tout en se caressant doucement la poitrine. De l'autre côté de la rue, les jumelles sont sur le nez du voyeur et sa main droite sur son sexe. Un peu le fait de passer ses doigts sur ses tétons, un peu la vision diffuse de cet homme qui se masturbe, elle finit par avoir l'entrecuisse tout mouillé. Elle décide de se faire plaisir et tant mieux pour celui qui regarde si cela peut le faire jouir. Elle se débarrasse de son dernier sous-vêtement et jette la revue sur le sol. Une main sur les seins, l'autre sur son mont de Vénus, un œil mi-clos, l'autre sur la fenêtre d'en face, elle commence à se donner du plaisir. Le membre inférieur gauche de la jeune femme est plié et son pied posé sur la petite table, son autre jambe est écartée. Là, le voisin doit avoir une très belle vue. Est-ce le verre de rosé, la chaleur, de savoir qu'un homme l'observe en se masturbant, ou le souvenir de sa nuit avec Tonio, toujours est-il qu'à l'accélération du poignet de l'obsédé qui l'épie, elle se met elle aussi à décoller. Elle s'abandonne dans un petit cri qu'elle tente d'étouffer. Cette sensation d'être observée pendant un moment des plus intime, inconnu d'elle, la ravit. Elle se dit que le rideau d'en face va se souvenir de la giclée qu'il a dû recevoir. Cela la fait sourire, elle se dirige dans la salle de bains pour une douche presque froide.

Cette petite branlette lui a donné envie de yaourt. Elle en sort un du frigo et commence à le déguster. Cela lui rappelle comment son aventure avec Georges a commencé, au rayon frais de la supérette. Elle se souvient de leur après-midi chez lui. Elle en garde un très bon souvenir et elle voudrait bien qu'il y en ait d'autres. Elle repense à son attitude et devine qu'il a compris qu'il n'était pas le seul à l'honorer, dommage ! Toutes ces péripéties l'ont un peu secouée. Elle décide de faire une petite sieste. À dix-huit heures, elle retourne chez Sylvie et elle préfère être en forme pour apprécier ses récits. Elle s'allonge sur son lit, nue comme Ève. Elle s'endort, bercée par le ronron du ventilateur du plafond.

Deux heures et demie plus tard, la belle étudiante prend une nouvelle douche pour se remettre les idées en place. Elle s'asperge de « Montana », ce parfum capiteux qu'elle adore. Elle circule nue dans son appartement et sourit au souvenir de ce qui s'est passé quelques heures plus tôt. Elle se demande si l'homme d'en face l'observe depuis longtemps... Qu'importe. La question essentielle est de savoir ce qu'elle va mettre pour aller chez Sylvie. Finalement, elle opte pour un string blanc, pas de soutien-gorge il fait trop chaud, un chemisier en satin vert d'eau et une jupe légère couleur olive. Des escarpins noirs aux talons démesurés finissent la tenue. Tout son indispensable : rouge à lèvres, maquillage divers, flacon de parfum et accessoirement clefs et papiers sont dans son sac à main. Elle ne prendra donc pas de veste. Un petit signe de la main à Tonio, qui semble de plus en plus fatigué, et elle s'installe dans la fournaise de sa voiture. Le cuir de son siège est tellement chaud qu'il brûle ses cuisses nues sous sa jupe. Elle se contrôle et démarre rapidement ; dans très peu de temps, la clim' remplira son office et cela ira mieux. Elle longe le parc de la Tête d'or. À cette heure, la circulation est dense et la température élevée énerve certains automobilistes qui s'agacent sur leur klaxon. Les deux files de voitures sont bloquées à la suite d'un accrochage. Ce n'est pas grave, elle a suffisamment le temps et prend son mal en patience. Sur la file d'à côté, une camionnette de livraisons fait beaucoup de bruit. Son conducteur, un jeune homme d'une vingtaine d'années, se démonte le cou pour tenter de voir les cuisses de Mathilde. Elle s'en aperçoit, sourit et pour lui faire plaisir, remonte encore un peu sa jupe, presque jusqu'à son sous-vêtement. Quelques minutes plus tard, la circulation est débloquée. La jeune femme redémarre en faisant un petit signe de la main au chauffeur qui ne sait plus où sont les vitesses de son fourgon.

Dix minutes plus tard, elle se trouve devant la maison de son amie. Sur le devant planté de fleurs, un lilas embaume l'atmosphère. Quelques tulipes bordent le petit chemin qui mène à la porte d'entrée. De part et d'autre de celle-ci, il y a des rosiers grimpants encore en boutons. Ses pas font crisser les gravillons de l'allée et, avant qu'elle n'ait le temps d'appuyer sur la sonnette, Sylvie, qui devait guetter son arrivée, ouvre la porte.

— Je t'ai entendue arriver, lui dit-elle avec son sourire ravageur.

— Je ne suis pas en retard ? demande Mathilde. Il y avait un accident près du parc et je suis restée coincée un moment.

— Penses-tu ! Je ne suis pas dehors ! répond Sylvie dans un rire, entre et installe-toi ; je te sers un baby ?

— Volontiers..., répond l'étudiante qui remarque que, comme la veille, son hôtesse est probablement nue sous son kimono.

Elle l'a sentie lorsqu'elles se sont prises dans les bras. Elles s'installent et parlent du sujet du moment : la température élevée, la chaleur étouffante et la nécessité de prendre plusieurs douches par jour. Mathilde complimente Sylvie sur sa nouvelle coiffure. Celle-ci explique qu'elle n'en pouvait plus, et que ce matin, elle s'est décidée à aller chez sa coiffeuse. Puis, elles parlent un peu de Julie, mais Mathilde se garde bien de lui raconter ce qui s'est passé entre elles. Elle verra dans l'avenir si elle lui révèle ou non. Après ces quelques banalités et deux whiskies plus tard, la maîtresse de maison demande :

— Tu veux un autre verre ?

— Non merci, c'est gentil, mais après je dirai des bêtises, parfois même j'en fais ! répond Mathilde en riant.

— Si tu veux, on peut continuer mon récit.

Et sans attendre de réponse, la dame en kimono ajoute :

— J'en étais à mon aventure avec le Noir qui s'était bien gardé de me dire qu'il était marié, ce qui d'ailleurs n'aurait rien changé : je ne me suis jamais inquiétée de ce genre de détails. Après, j'ai continué mes aventures d'un soir ou deux, quelquefois une semaine, mais jamais plus. Très souvent, des types qui échouaient dans le bar où je bossais. Parfois, je me faisais draguer dans la rue le soir en rentrant du boulot. Tous ces hommes n'ont pas eu d'intérêt, si ce n'est celui d'assouvir mes démons sexuels. Mais un jour, alors que je rentrais seule, un couple d'une quarantaine d'années, peut-être même la cinquantaine, je ne saurais dire, m'a abordée. Je les avais servis quelque temps avant au café. Je les ai reconnus, surtout elle, une grande femme aux cheveux longs d'un blond platine avec des lèvres charnues et un regard gourmand. Elle est descendue de la voiture, elle m'a souri et demandé si je voulais bien venir prendre un dernier verre dans un bar de nuit sur les bords de la Saône. Un peu surprise sur le moment, j'ai hésité, mais de nature curieuse et puis à cause de ses yeux bleus, de son regard vicieux et de sa poitrine qui me semblait imposante, j'ai décidé d'accepter et suis montée dans leur grosse Mercedes. N'étant pas née de la dernière pluie, j'avais bien compris ce qu'ils attendaient de moi. L'idée ne m'a pas déplu et déjà, durant le trajet, j'avais des petits picotements dans le bas-ventre. L'inconnue se retournait souvent pour me questionner, comme si elle s'intéressait à ma vie, mais je savais bien que ce qu'elle convoitait vraiment, c'était mon cul. Lui était grand, mince, le teint mat et des cheveux courts poivre et sel, une allure sportive et un regard à faire fauter la plus chaste des ménagères de moins de cinquante ans. Il semblait être étranger, italien ou espagnol, portugais peut-être… Elle, pratiquement aussi grande, avait des formes généreuses, mais cela lui allait bien. Elle était vêtue d'un tailleur gris très clair de grande marque. Elle était chaussée de talons hauts de marque bien connue, tu sais ceux qui ont des semelles rouges ; ses chaussures affinaient ses longues jambes. Lui avait la démarche distinguée. Il portait un costume sombre et arborait une cravate ornée d'un diamant sur le nœud. Sur ses longues mains, hormis une large alliance en or, sur la gauche, il arborait, sur le petit doigt de l'autre, une grosse chevalière également en or. Sur son poignet droit, une gourmette du même métal et dont le poids devait avoisiner les cent ou cent cinquante grammes. Le couple respirait l'aisance financière.

Sylvie reprend son souffle, comme si le fait d'évoquer ce souvenir la troublait encore. Elle se sert un autre verre, en propose un, que Mathilde refuse gentiment, puis reprend :

— Nous sommes donc partis. On a roulé un bon quart d'heure, avant d'arriver devant le « Chiquitos » : établissement qui ouvrait ses portes à vingt heures et ne les fermait qu'à trois heures le lendemain. À l'intérieur, quelques couples et deux ou trois hommes seuls, qui visiblement étaient là dans l'espoir de rencontrer quelqu'un pour la fin de la nuit. Dans le fond de la salle, une toute petite piste de danse sur laquelle un homme et une femme enlacés étaient censés exécuter un tango. En réalité, ils ne faisaient que se mettre en condition pour ce qui, de toute évidence, allait suivre à leur sortie du bar. Nous nous sommes installés sur une banquette en simili rouge, devant une table basse. La dame blonde, assise en face de moi, sans vergogne affichait ses cuisses gainées de bas Dim-Up, n'hésitant pas à les écarter légèrement lorsqu'elle me soupçonnait de les reluquer. Sans demander l'avis de personne, elle a commandé une bouteille de champagne. Lorsque les coupes et la bouteille ont été vides, le monsieur a fait signe au garçon, et une autre, bien pleine, a pris place dans le seau à glace. Lui était directeur d'une petite usine métallurgique, elle, qui avait été sa secrétaire, ne travaillait plus. Sans enfants, ils m'ont avoué qu'ils s'ennuyaient un peu et que leur passe-temps favori était de tenter d'assouvir leurs fantasmes sexuels. Lorsqu'ils m'ont vue dans mon café, ils se sont dit que, peut-être, j'accepterais de passer une soirée et un peu plus avec eux. Pour toute réponse, je me souviens avoir souri. Il était minuit passé lorsque, d'un commun accord, nous avons décidé d'aller boire une troisième bouteille chez eux. Je commençais à avoir chaud aux oreilles, et ailleurs, tu t'en doutes ! Je savais très bien ce qui allait se passer et cela m'excitait. Ils habitaient une grande maison dans la périphérie de la ville, au milieu d'un grand parc où trônaient des arbres probablement centenaires. J'étais impressionnée, je n'avais pas l'habitude de fréquenter des gens de ce milieu.

Sylvie reprend haleine, sourit à Mathilde et décroisant ses jambes nues sous son kimono, se penche en avant pour prendre son verre et boire une gorgée de whisky. Dans l'entrebâillement de la veste du déshabillé, l'étudiante entrevoit jusqu'à la pointe des seins de la narratrice, qui, redressée, reprend le cours du récit :

— Installés dans leur luxueux salon, monsieur a débouché la troisième bouteille tandis que madame, encore assise en face de moi, m'a dévoilé sans vergogne son entrecuisse qui n'était masqué par aucun sous-vêtement. La vue sur le sexe de la dame, le énième verre de champagne et les mains du monsieur qui me frôlaient à chacun de ses passages derrière moi, là j'étais prête à passer à l'action. D'un coup, la femme s'est levée et s'est dirigée vers la salle de bains. Quelques instants après, je l'ai juste entrevue, nue, qui entrait dans une chambre. Le monsieur m'a demandé alors si je voulais me doucher, et passer les sous-vêtements qu'il avait choisis pour moi. Une douche rapide et j'ai mis le soutien-gorge translucide de couleur rouge qui laissait transparaître la pointe de mes seins. Il y avait également des bas et un porte-jarretelles de la même couleur. J'ai enfilé tout ça et ai passé par-dessus le string rouge et transparent qui permettait de deviner ma toison toute frisée.

Elle rit un grand coup avant d'ajouter :

— Depuis un moment maintenant, elle ne frise plus : je la tiens épilée et mon sexe ressemble à celui d'une petite fille.

Mathilde sourit à l'idée de l'image, puis son interlocutrice reprend :

— Ensuite, j'ai pris le temps de me coiffer et de me remaquiller. Une bonne giclée de parfum, j'étais prête pour la partie qui s'annonçait joyeuse. Lorsque je suis sortie de la salle de bains, la dame était sur le canapé dans un déshabillé vaporeux noir, entièrement nue dessous. Le monsieur, encore vêtu, caressait doucement son imposante poitrine. Lorsqu'ils m'ont vue dans la tenue que lui m'avait demandé de porter, leurs regards envieux se sont éclairés. Il m'a invité à m'asseoir aux côtés de son épouse, qui, sans autre préambule m'a passé le bras autour du cou, m'a saisi les cheveux et, me tirant un peu la tête en arrière, m'a roulé une pelle digne des plus grands championnats. Moi, j'ai mis mes doigts sur l'un de ses seins et je le caressais, titillais la pointe devenue dure ; elle ronronnait comme un petit chat. Nos respirations se sont accélérées et nos mains se sont mises à courir sur nos corps, s'attardant un peu sur un mamelon ou sur un clitoris. L'entrecuisse de la blonde était une vraie fontaine et le mien ne valait pas mieux. J'étais fascinée par la beauté de ce corps féminin. Je crois que chaque fois que je touchais un des bouts durcis de sa poitrine, c'est moi qui ressentais le plus de plaisir. Devant le spectacle de ces deux corps en chaleur, l'homme s'est éclipsé pour, lui aussi, se mettre en tenue. Lorsqu'il est revenu, j'étais à genoux sur le sol, la blonde assise sur le canapé, les cuisses écartées et moi qui lui léchais le sexe à grands coups de langue. Il était nu et arborait un membre de belle taille et en érection. Il s'est caressé la queue, la vue de sa femme qui se faisait bouffer la chatte par une inconnue le mettait en forme. Celle-ci, la tête en arrière, grognait de plaisir et, me tenant la tête à deux mains, elle accompagnait les mouvements par l'ondulation de son bassin. Ma bouche dégoulinait de sa cyprine et j'aimais ça. L'homme est passé derrière moi, m'a fait remonter le bassin, et a mis sa main entre mes cuisses que, d'instinct, j'ai écartées. Il a fait glisser le petit bout de tissu rouge et m'a branlée de deux doigts. À ce moment, moi aussi je me suis mise à miauler comme le font les chattes en chaleur. Mes coups de langue faisant leur effet, la dame aux gros seins s'est soudain mise à bramer, me tirant les cheveux pour plaquer mon visage sur son bas-ventre qu'elle mettait en avant par à-coups. Là, c'est un véritable geyser qui a jailli sur ma bouche. Ses cris de plaisir, son liquide sur ma langue et les doigts de son mari conjugués ont fait que moi aussi je me suis mise à jouir, très fort, comme peu de mes nombreux amants sont arrivés à m'amener à cette intensité. Le string jeté sur le tapis, le déshabillé de la dame également, je me suis retrouvée sur le dos par terre, les jambes écartées avec la tête de la blonde entre les cuisses et la bite du monsieur dans la bouche. Il s'est fait sucer un moment, sans jouir, puis s'est retiré discrètement dans une autre pièce avant de revenir muni d'un godemiché qui, sur le moment, m'a semblé énorme. J'avais entendu parler de ça bien sûr, mais je n'en avais encore jamais vu. Ils avaient ramené ça de Hollande, ici il n'y avait pas encore de sex-shop. Il s'est mis derrière son épouse qui avait le cul en l'air et le lui a introduit doucement. Là, la belle s'est remise à souffler comme si elle venait de courir un huit cents mètres, et a accéléré ses coups de langue sur mon clito. Il a agité l'appareil en cadence puis a appuyé sur un bouton et celui-ci a commencé à vibrer, d'abord pas trop vite puis, petit à petit, il a dû enclencher d'autres vitesses, cela a accentué la rapidité de l'engin, tout comme les cris de moins en moins étouffés de la dame à la toison d'or. Moi, sa langue me faisant un bien fou, je l'ai attrapée par les oreilles et lui ai écrasé mon sexe sur les lèvres. Quelquefois, sa longue langue s'insérait à l'intérieur de mon vagin et s'agitait comme si elle voulait boire tout le suc que je produisais.

Là, Sylvie, qui a terminé son verre, s'en sert un autre et propose à Mathilde de l'accompagner. Cette fois, un peu émoustillée par ce que lui raconte son amie, elle accepte. Avant de continuer son récit, Sylvie avale une bonne rasade de Johnny Walker, souffle un coup et reprend :

— Elle a joui en criant fort, très fort. Son mari a retiré le vibromasseur, le lui a confié et est allé s'asseoir sur le fauteuil en face de nous, le sexe brandi comme un étendard. Elle, à genoux entre mes jambes, m'a enfoncé cet énorme dard de plastique et a commencé à lui faire exécuter des allers-retours, méthodiquement. Lui s'est mis à se caresser en nous regardant. L'introduction de cet appareil a déclenché une avalanche d'orgasmes : je n'arrêtais pas de jouir, ce qui excitait ma partenaire, et également son mari qui se masturbait de plus en plus vite. Moi, la tête sur le côté, j'avais une vue imprenable sur l'entrejambe du maître de maison et sa bite qu'il lustrait nerveusement. Elle soufflait comme une asthmatique en manque de Ventoline. D'un coup, elle s'est retournée, m'a collé sa chatte trempée sur la bouche et, tout en m'agitant le sexe que lui avait confié son mari, s'est mise à se frotter le clitoris sur ma langue ravie. On a encore joui toutes les deux. En même temps, on criait comme des folles, lorsque l'homme s'est levé d'un bond. Sa main faisait des va-et-vient de plus en plus nerveux sur sa queue. Il est venu décharger dans un grognement animal sur la figure de sa femme. Une quantité de foutre énorme s'est éparpillée sur le visage de la blonde. Moi, je n'ai pas pu résister à l'envie d'en lécher un maximum à grands coups de langue sur son visage. Elle en faisait glisser avec ses doigts jusqu'entre ses lèvres, puis, toutes les deux, nous nous sommes embrassées à pleine bouche, c'était bon. L'appareil continuait de vibrer dans ma chatte et je n'arrêtais pas de grimper au rideau. La dame s'est remise assise sur ma bouche, écartant d'une main les deux lèvres de son abricot pour que j'aie un accès plus facile à son clitoris dressé comme une ridicule protection. Son mec, debout devant elle, se faisait sucer les dernières gouttes de son sperme. Cette séance a bien duré encore plus d'une demi-heure et c'est complètement épuisée que je me suis traînée sous la douche. Après un dernier verre de champagne, le monsieur m'a ramenée chez moi, mais avant que je ne descende de la Mercedes, il m'a demandé de le sucer ; il bandait encore comme un bouc. J'ai bien voulu me délecter de son jus que je trouvais particulièrement bon. Satisfait de cette dernière gâterie, il est parti et je ne les ai jamais revus, ni l'un ni l'autre. Pour ma part, j'aurais bien renouvelé l'expérience. En tout cas, cette courte fin de nuit là, j'ai dormi comme un bébé.

Mathilde est ravie : elle a de la matière pour sa thèse et tout est scrupuleusement noté sur son petit carnet. Elle ne peut s'empêcher de penser que Tonio aimerait peut-être ça. Qu'il aurait peut-être du plaisir à l'observer faire l'amour avec une autre femme. L'image de son chéri en train de se masturber pendant qu'elle se fait lécher le minou par une autre femme la rend songeuse. Elle n'en dit rien à Sylvie, mais pense que si cela devait se produire et si elle est d'accord, ce serait elle sa partenaire. Plus elle la connaît, plus elle ressent une attirance pour elle et elle est sûre que c'est le genre de femme qui plairait à Tonio. Ce que lui a raconté Sylvie l'a également troublée et de petits picotements lui titillent le bas-ventre. Il va falloir régler le problème ; elle appellera son amant en arrivant chez elle.

Elles se disent au revoir sur le pas de la porte d'entrée. La bise est maintenant pratiquement sur la bouche, ce qui enchante la jeune étudiante. Elle remonte dans son auto et prend la direction du centre-ville. À cette heure, il y a encore pas mal de circulation dans les rues. Bloquée à un feu rouge, elle repense au récit de Sylvie. Elle a remarqué que celle-ci, d'avoir réactivé ce souvenir, en était extrêmement troublée. Peut-être bien qu'elle a recommencé avec son mari, ou un autre ? Toujours est-il qu'il ne faudrait pas beaucoup insister pour la convaincre de remettre ça, elle en est sûre. Elle doit la revoir jeudi pour la suite de ses aventures qui semblent n'être qu'à leur début. En attendant, elle va commencer à préparer le terrain avec Tonio. Même si, au début, il veut vraiment se mêler aux ébats, ce n'est pas grave, petit à petit, elle finira bien par le convaincre que le spectacle est tout aussi agréable que la pleine participation. Il pourra se masturber devant la scène de deux femmes qui se font jouir et elle est certaine que cela lui plaira. Cette idée la fait sourire et les deux garçons sur une petite moto qui sont à côté d'elle pensent que ce sourire est pour eux. Lorsque le feu passe au vert, le pilote du deux-roues, tout excité, en loupe son démarrage et cale son moteur. Mathilde éclate de rire en pensant que c'est bien d'être une femme et de faire tourner la tête aux mâles. Pour l'heure, elle va contacter Tonio. Toutes ces histoires lui ont mis le feu entre les cuisses et il va falloir qu'il vienne rapidement éteindre cet incendie, sous peine de donner l'occasion au voyeur d'en face de profiter d'un nouveau spectacle de branlette féminine. Après réflexion et le passage de la tenue adéquate, elle prend la décision de se rendre au bar, d'attendre la fin du service de son amant et de l'accompagner chez lui. Sa couche est très confortable et la glace de l'armoire de sa chambre fort bien positionnée.

Comme programmé par Mathilde, la soirée et la nuit chez Tonio sont chaudes, très chaudes même, et le lendemain matin, le réveil est difficile. Son amant parti pour reprendre son service dans le café de la place, la belle étudiante rentre chez elle et après une nouvelle douche, s'allonge sur son canapé pour, pense-t-elle, une petite heure de détente. Il ne faut pas cinq minutes pour que Morphée la saisisse dans ses bras musclés et l'entraîne dans des rêves peuplés de désirs et de plaisirs. Il est onze heures passées lorsqu'elle refait surface et réalise qu'elle vient, pour la première fois, de manquer ses deux heures de cours à la faculté. Elle sourit à l'idée de la tête de Georges qui va se demander si c'est à cause de lui qu'elle n'assiste plus à ses cours. Elle est nue et déambule comme un automate, allant de la cuisine, où elle se fait couler un café très serré, à la chambre où elle choisit sans conviction les sous-vêtements qu'elle passera après une nouvelle douche qu'elle décide de prendre pour se remettre les yeux en face des trous. À midi, vêtue et maquillée, elle est enfin prête. Elle jette un petit coup d'œil vers la fenêtre qui donne sur le voyeur. Elle est curieuse de savoir s'il passe ses journées à l'épier. Rien ne semble bouger… Elle prend la décision d'aller faire les boutiques, elle s'en veut d'avoir loupé ses deux heures à la fac et décide de se venger avec sa carte bleue.

À treize heures trente, elle fait un petit signe à Tonio lorsqu'elle descend de sa voiture, les bras surchargés de paquets. Bien sûr, elle écarte les jambes pour qu'il profite un peu de la vision de ses cuisses. Elle sourit en se disant que ce que les sacs contiennent va sûrement beaucoup plaire à son étalon. Elle s'est offert un ensemble des plus troublant… Une guêpière rouge avec le string et le porte-jarretelles où se fixent les bas assortis. Sans nul doute, lorsqu'il la verra dans cette tenue, son amant va bander comme un cerf pendant la période du rut. Pour le plaisir, elle va la mettre pour voir si le rideau de l'appartement d'en face se remet à s'agiter. Elle déballe ses paquets sur le lit de sa chambre, se dévêt et enfile ses emplettes. Elle souligne le tout en chaussant des talons aiguilles également vernis rouges. Un coup d'œil au miroir de l'armoire, la tête légèrement penchée sur le côté, elle se tourne de droite à gauche, puis de gauche à droite, apprécie l'image, sourit et part en direction du canapé. Les talons résonnent sur le sol, sa crinière noire flottant sur ses épaules, elle fait semblant de faire un brin de ménage tout en surveillant du coin de l'œil la fenêtre du voisin d'en face. Aucun signe de présence, et c'est un peu déçue qu'elle finit par admettre qu'il n'y a personne pour la regarder. Son petit côté exhibitionniste ne sera pas satisfait tout de suite, peut-être une autre fois. Lorsqu'elle enlève ses sous-vêtements, elle repense à Sylvie qui lui a confié s'épiler le sexe. Elle se regarde dans la glace contrôle sa toison coupée très court et pas plus grande qu'un ticket de métro, puis se demande si Tonio aimerait qu'elle se rase complètement... Si elle fait ça, son abricot ressemblera à celui d'une petite fille... Peut-être que c'est ce que les hommes attirés et excités par ça recherchent... Elle en parlera avec lui et s'il le veut, elle éliminera toute sa pilosité du bas-ventre. Pour l'heure, il faut travailler un peu, la rigolade, c'est bien, mais les examens, il faut les préparer. Demain matin, elle a de nouveau deux heures de cours et cette fois, il ne faut pas qu'elle les manque. D'autant que, dès la fin d'après-midi, elle doit retourner chez Sylvie. Il ne faut pas qu'elle commence à accumuler du retard.

CHAPITRE XI

Le mercredi soir, après avoir travaillé une bonne partie de la journée sur sa thèse, elle se fait un petit repas froid. Elle est un peu désabusée : bien qu'elle se soit baladée tout le temps à poil ou presque, le voisin d'en face n'a pas donné de signe de vie. Peut-être est-il marié et, en présence de sa femme, il ne peut s'adonner au voyeurisme… Elle appelle Tonio pour l'informer qu'elle a un grand besoin de ses caresses. Il est chez lui et en forme pour l'accueillir dans les meilleures conditions. C'est programmé, elle sera dans son appartement dans une petite heure. Après sa douche, elle se parfume dans tous les coins et recoins. Un petit coup de rasoir pour refaire une beauté à son mont de Vénus puis passe la dernière tenue qu'elle s'est offerte. Elle hésite un peu entre une jupe avec un chemisier et une robe fourreau noire qui la moule au plus près. Finalement, elle décide de partir comme ça, juste avec une légère gabardine pour cacher ses sous-vêtements.

Cette sensation d'être nue ou presque pour se déplacer dans la rue au milieu de tas d'autres hommes que le sien lui plaît. Elle a prévu de se débarrasser de son imperméable aussitôt qu'elle sera chez son amant et compte sur l'effet de surprise pour déclencher chez lui une envie de lui sauter dessus et de la prendre sans autre préambule. Rien que cette idée lui agace l'entrecuisse et elle accélère le pas. Plus elle s'approche de l'appartement de son amant, plus le désir monte en elle.

La porte du logement à peine claquée, la jeune femme fait glisser sa pelisse et prend la pause devant Tonio. Celui-ci reste éberlué devant le spectacle et met quelques secondes à réagir. Après un juron qui souligne son admiration, il se jette sur elle. Comme un mort de faim, il l'embrasse à pleine bouche. Il ne prend pas le temps de la faire entrer dans le salon, il se met à genoux devant elle et la saisit par le bas des hanches, lui écartant un peu les jambes. Le string déjà trempé de la belle est descendu à mi-cuisse et la langue gourmande du serveur fouille l'entre-lèvre du sexe de la belle étudiante. Il la plaque contre la porte d'entrée et tout en agitant sa langue, il passe sa dextre entre ses fesses et un de ses doigts titille son petit trou tandis que de l'autre, il fouille son intimité. Mathilde, qui commence à perdre pied, de ses deux mains, décide de faciliter l'accès à son clitoris en écartant les babines de son vagin. Le petit bout violacé se dresse comme un aiguillon et, à chaque coup de langue, c'est un râle qui s'échappe de la gorge de la jeune femme. Cela ne dure pas bien longtemps, très rapidement, c'est un flot qui envahit la bouche de Tonio. C'est accompagné par les cris incontrôlés que pousse Mathilde, que celle-ci informe, bien involontairement, tout l'immeuble qu'elle vient de prendre son pied. Le string définitivement enlevé, elle se met à son tour à genoux et entreprend de déshabiller son amant. Son caleçon ressemble plus à une toile de tente qu'à un boxer. Ce qui vient de se passer l'a excité au plus haut point et c'est une bite en érection maximum qui jaillit du sous-vêtement. À peine libéré, l'appendice est introduit dans une bouche gourmande. Une main insérant ses testicules, une langue qui s'agite sur son gland, un doigt qui s'immisce entre ses fesses, il ne lui faut pas longtemps pour que, à son tour, dans un grognement bestial, il se vide dans la bouche de sa maîtresse. Celle-ci, qui ne veut rien en perdre, aspire jusqu'à la moindre goutte. Les deux amants quittent enfin l'entrée de l'appartement et se dirigent vers le canapé du salon. L'homme s'est débarrassé de ses vêtements ainsi que de ses sous-vêtements, il est nu comme un ver. La séance qui vient de s'écouler n'a pas calmé ses ardeurs et il brandit toujours une bite en érection. La jeune femme, elle, toujours dans sa tenue à laquelle il ne manque que le petit cache-sexe, s'est allongée sur le divan et se caresse voluptueusement en regardant son amant. Celui-ci s'approche d'elle, la saisit par la taille et la retourne violemment, il la force à se mettre à quatre pattes et commence à lui administrer une fessée. À chaque claque, Mathilde gémit, mais ne demande pas l'arrêt des coups, au contraire, elle recommence à se masturber et semble prendre beaucoup de plaisir. De sa main gauche, le beau serveur se caresse le sexe en proférant des insultes à l'encontre de sa partenaire :

— Mais tu aimes ça ! Salope ! Grosse pute !

L'étudiante se contente d'acquiescer dans un souffle, redoublant le rythme de sa main sur son mont de vénus. Tonio la prend alors par les hanches et la pénètre sans autre préambule. Le cri de femelle en chaleur que pousse alors Mathilde encourage son amant à continuer les percussions sur le cul de sa maîtresse qui a déjà les fesses toutes rosies par les précédentes claques.

— Tiens, sale chienne, tu ne mérites que ça ! C'est sur le trottoir qu'est ta place, putain !

À ces derniers mots, la jeune femme décolle et jouit de nouveau crachant un flot incompréhensible, mélange d'injures, de menaces envers son compagnon et de cris de plaisir. La vision de cette femme qu'il prend à quatre pattes, ses cris, ou peut-être les jurons qu'éructe sa partenaire font que l'amant se libère lui aussi dans une dernière et grossière insulte.

Les cheveux collés par la sueur sur son visage, les fesses en feux, l'entrejambe dégoulinant d'un mélange de sperme et de cyprine, la belle étudiante a maintenant roulé sur le tapis devant le canapé. Elle tente tant bien que mal de retrouver ses esprits et une respiration normale. Lui s'est écroulé sur le siège et, le sexe encore au garde-à-vous, essuie les dernières gouttes qui s'échappent encore de son appendice. Lorsqu'elle le voit faire, elle se redresse et vient laper d'une langue gourmande le précieux liquide. Entre deux succions, elle arrive quand même à dire :

— Mais tu bandes encore, petit salaud ! Tu n'en as pas encore assez ?

Puis, tout en léchant un gland encore gonflé, elle entreprend de le masturber. Chez elle, cet acte redémarre une montée de désir et, tout en suçant, elle commence à onduler de la croupe. Sa main droite maintient la bite de son amant, et de l'autre, elle caresse une chatte dégoulinante. Lui a descendu depuis longtemps le balconnet qui supportait la poitrine de sa maîtresse et pince gentiment la pointe encore dure de ses seins. À chaque fois, Mathilde tressaille et gémit un peu, mais laisse faire. Il semble que cela ne lui déplaise pas, ce qui encourage l'homme à serrer un peu plus fort. D'un coup, la jeune femme se redresse et se met à califourchon sur son amant, elle dirige elle-même la queue de celui-ci à l'intérieur de son vagin et s'agite frénétiquement. La toison, noire et frisée de Tonio est trempée par ce qui coule de l'entrejambe de sa compagne. Les deux mains sur ses seins, il donne lui aussi de grands coups de reins auxquels, à chaque fois, Mathilde réagit par un râle et une crispation de ses doigts posés sur la poitrine velue de son amant. Ses ongles rentrent dans la chair de son partenaire, cela le fait gémir et excite davantage encore la cavalière qui chevauche son étalon. Il ne faut pas longtemps pour que celle-ci perde pied et se lâche dans un long cri strident accompagné de jurons. L'aveu de sa complice conjugué au flot qui lui dégouline sur le bas-ventre fait que Tonio, lui aussi, perd pied et envoie sa semence dans un grognement guttural. Reprenant un peu ses esprits, le beau garçon de café ne peut s'empêcher de constater :

— Tu es quand même une belle salope... Il ne faut pas t'en promettre, tu aimes ça et tu n'en as jamais assez...

Mathilde sourit, se désolidarise de son homme, bascule sur le côté et, souillée, mais heureuse, s'endort presque instantanément. Une demi-heure plus tard, elle s'éveille, constate que son partenaire a finalement débandé et qu'il s'est lui aussi endormi. Une petite goutte de sperme perle encore sur la pointe de son gland, elle approche sa bouche et aspire tout ce qui pourrait être resté dans le membre. La douceur et la chaleur de la bouche qui enserre son membre, accompagné d'un léger va-et-vient, réveillent l'animal qui ne peut s'empêcher de déclarer :

— Ce n'est pas vrai, tu veux encore que je te baise ?

Mathilde relève la tête en souriant, un sourire qui veut dire : « Pourquoi pas ? » et, joignant le geste au regard plein de promesses, commence à masturber son amant. Celui-ci qui n'est pas insensible constate que son membre se redresse de nouveau. On dirait que, lui non plus, n'en a jamais assez. Ce n'est que beaucoup plus tard que la jeune femme rentre chez elle, épuisée, le cul encore endolori par la séance de sodomie qui a suivi leur réveil, les fesses encore roses et les jambes molles. Une dernière douche et la douceur des draps de satin ont raison de celle qui va dormir longtemps.

Ce n'est qu'en fin de matinée, le lendemain, que la jeune femme refait surface. Elle a mal partout, des courbatures, de légères griffures et même quelques débuts de bleus sur ses hanches provoqués par les mains crispées de son amant lors des séances de levrette. Elle est nue et se déplace comme un automate, prépare un grand café, s'installe sur son fauteuil et commence à déguster le breuvage. Machinalement, elle jette un coup d'œil à la fenêtre de son voisin d'en face et s'aperçoit que la porte-fenêtre ainsi que le rideau sont ouverts. Elle pense que quelqu'un est en train de faire le ménage et retourne à son café. Son bol n'est pas terminé qu'un mouvement attire son attention. En face, une femme passe l'aspirateur. En tendant l'oreille, elle distingue même le bruit de celui-ci. Elle l'observe en se disant qu'elle aussi devrait faire un peu de ménage, lorsque, venant de nulle part, apparaît un homme en tenue d'Adam. Elle déduit que ce doit être celui qui se tripotait en l'épiant. Intriguée, elle se décale un peu pour que, d'en face, on ne la remarque pas. Elle se frotte les yeux et se force à régler sa vue qui n'est pas encore très nette. L'homme s'est approché de la dame qui fait le ménage. Il se plante devant elle, de son pied droit arrête l'aspirateur et de ses deux mains attrape la tête de la technicienne de surface. Celle-ci, qui était encore courbée, se retrouve le visage plaqué sur le membre du monsieur. Mathilde sourit, mais ne se prive pas du spectacle et continue d'observer. La dame est maintenant à genoux, le sexe du monsieur dans la bouche, elle s'affaire de bon cœur à ce qui semble particulièrement lui plaire. Il ne faut pas longtemps pour que le mâle se cambre, empoignant la tignasse de la femelle. Il a la bouche grande ouverte, la tête en arrière et Mathilde devine le brame que l'animal est en train de lâcher. Les petits papillons se sont réveillés dans son bas-ventre, et si elle ne devait pas se préparer pour aller en cours – elle est déjà en retard –, elle aurait probablement cédé à ses pulsions.

Les deux heures passées en face de Georges lui paraissent longues ; elle a toutes les peines du monde à se concentrer, heureusement, il est midi. Elle s'éclipse, non sans avoir remarqué que son professeur n'a pas eu le moindre regard pour elle. Dans sa tête, elle a fait son programme de l'après-midi : elle s'arrêtera à la supérette pour acheter quelques tranches de jambon, un morceau de fromage, peut-être aussi une bouteille de vin, elle en a besoin. Elle avalera tout ça et se faufilera dans son lit pour essayer de récupérer un peu. Elle est encore toute fourbue et doit rendre visite à Sylvie en fin d'après-midi. Cela lui rappelle qu'elle devait essayer de convaincre Tonio de faire une partie à quatre. Elle met son réveil à quinze heures : c'est là que son amant prend sa coupure, avant de reprendre vers dix-sept heures trente pour le service du soir. Elle lui téléphonera et commencera à tâter le terrain. Cette idée d'échange de partenaires l'excite au plus haut point ; surtout que maintenant elle connaît bien les capacités de résistance de son éventuel coéquipier. Pour l'instant, elle avale son en-cas et se dévêt pour se coucher. Elle ne peut néanmoins s'empêcher de jeter un coup d'œil à la porte-fenêtre d'en face. Tout est refermé et semble calme. C'est presque un peu frustrée qu'elle file dans son lit.

La musique du radio-réveil la sort de l'inconscience dans laquelle le sommeil l'a plongée. Elle se frotte les yeux, fait mine de se recoiffer avec ses doigts, bascule sur le côté et, dans la souffrance des bleus, courbatures et autres traumatismes, elle titube vers la salle de bains. La douche brûlante apaise un peu les douleurs. Une demi-heure plus tard, elle est de nouveau impeccable, comme si, la soirée d'avant, il ne s'était rien passé. Les produits modernes font des miracles pour cacher les cernes et redonner un éclat aux visages qui ont subi les offensives de moments agités. Elle s'installe dans son fauteuil. Le téléphone dans la main droite, elle compose le numéro de Tonio qui répond presque aussitôt :

— Allô ?

— Oui, c'est moi, je ne te dérange pas ?

Puis sans attendre de réponse, elle commence à questionner :

— As-tu bien dormi ? Moi comme un bébé ! Cette soirée restera un de mes plus beaux souvenirs... Bon, là, j'ai un peu mal partout, mais c'était tellement bon que je suis prête à toutes les nouvelles expériences avec toi.

Surpris par ces propos, l'amant demande :

— Que veux-tu dire ?

Ne sachant pas trop comment s'y prendre pour amener l'homme à ce qu'elle a en tête, elle bafouille un peu, mais finit par proposer :

— Tu sais, je connais un couple qui pratique l'échangisme. Ils sont très beaux tous les deux, peut-être que toi et moi, on pourrait faire cette expérience...

Au bout du fil, c'est un silence qui paraît interminable, puis timidement :

— Ben... Pourquoi pas ? Après tout, on n'est pas mariés, je n'ai pas plus de droits sur toi que tu n'en as sur moi. Si cela t'excite, je suis d'accord ; moi, cela me tente bien.

La jeune femme se contente de sourire à l'idée de ce qui risque de se passer et les papillons sont de retour dans son entrecuisse. Avant de clore la discussion, elle lui envoie plein de bisous téléphoniques, et prédit :

— Je crois que tu ne le regretteras pas, j'en suis même sûre ! Tu verras, la femme va te faire bander comme un bouc ! À moins que ce ne soit l'homme... !

Le rire aigu de la jeune femme met fin à la conversation et laisse l'amant pensif et impatient de vivre l'expérience. Rien que l'image de ce qui pourrait se passer provoque chez lui une érection qu'il peine à maîtriser.

Le même soir, Mathilde se rend chez Sylvie, bien décidée à évoquer le sujet et obtenir l'organisation d'une séance orgiaque. Tout excitée, elle part de chez elle près d'une heure trop tôt. Lorsqu'elle réalise qu'elle va arriver en avance chez son amie, elle décide de stationner son Austin et de faire un petit tour dans le parc de la Tête d'or. Elle aime bien, de temps à autre, venir flâner parmi les arbres centenaires et s'amuser des cabrioles des singes ou admirer la majesté des lions. Sur un banc, deux tourtereaux, qui n'ont visiblement pas quinze ans, s'embrassent à pleine bouche. Le garçon enserre la fille comme s'il avait peur qu'elle s'échappe et l'adolescente semble étouffer sous les baisers goulus de son partenaire de patins. Mathilde sourit et pense que s'il ne se passe rien entre eux dans les heures qui suivent, il va y avoir, ce soir, du tripotage de sexe dans le lit du jeune garçon, et peut-être aussi dans celui de la fille. Sa balade terminée, elle repart et arrive chez sa copine à l'heure précise du rendez-vous. Celle-ci, comme à l'accoutumée, l'accueille en tenue suggestive. Une jupe plissée très courte de couleur noire et un chemisier de soie blanche dégrafé jusqu'au deuxième bouton laissent deviner par transparence une poitrine sans soutien-gorge. Les embrassades et banalités d'usage terminées, elles s'installent au salon à la place qu'elles ont respectivement l'habitude d'occuper. Un verre de whisky devant chacune d'elles, l'étudiante, impatiente de lancer sa proposition, élude les propos sur le temps et les feuilles d'impôts qui commencent à arriver dans les boîtes à lettres. Elle dirige la conversation vers ce qui la motive en informant sa narratrice qu'elle a maintenant suffisamment de grain à moudre pour sa thèse.

—Maintenant, tu sais, il me faudrait néanmoins un peu plus de travaux pratiques !

Elle rit, Sylvie également, puis elle reprend :

— En fait, il me manque au moins une expérience, peut-être d'autres, mais celle de faire l'amour à plusieurs doit être pleine de découvertes...

La maîtresse de maison la fixe dans les yeux, sourit puis déclare sans fioritures :

— S'il n'y a que ça, ce n'est pas un problème, Jérôme m'a déjà avoué qu'il aimerait bien te faire faire un tour de manège. Pour ma part, chaque fois que tu viens me voir, après ton départ, j'ai le feu au derrière !

Les deux femmes éclatent de rire et trinquent à cet accord conclu. Au troisième verre d'alcool, Sylvie propose :

— Tu viendras avec ton mec, et moi j'inviterai Julie, il est grand temps qu'on la dévergonde un peu cette sainte nitouche ! Deux mâles devraient nous suffire, et s'il faut, j'ai du matériel pour compenser leurs éventuelles faiblesses.

Cette décision, elle l'accompagne de son rire et d'une petite tape sur la cuisse de sa visiteuse.

Mathilde sourit en pensant à ce qui s'était passé entre elle et Julie, mais n'en dit rien. Le rendez-vous est donc calé pour le samedi soir prochain.

— D'ici là, j'aurai vu et invité notre amie. Je ferai les courses pour le repas, tu ne t'occupes de rien sinon de prévenir ton mâle qu'il risque d'avoir des mains dans sa braguette au cours du dîner.

Les éclats de rire qui s'ensuivent clôturent la visite et, après les embrassades de plus en plus érotiques, Mathilde s'en retourne chez elle, bien décidée à « agacer », s'il est à son poste, le voisin d'en face.

CHAPITRE XII

La belle étudiante s'éveille de bonne heure. C'est un peu dépitée qu'elle s'est couchée tôt la veille. En effet, à peine rentrée dans son logement, elle a attentivement scruté la porte-fenêtre de son voisin d'en face. La discussion et l'alcool qu'elle avait avalé chez sa confidente l'avaient un peu excitée et elle aurait bien aimé avoir un spectateur pour la séance qu'elle se proposait de jouer. Malheureusement, rien n'avait bougé, pas le moindre frémissement de rideau, pas la moindre lumière après la tombée de la nuit. Pourtant, lorsque celle-ci avait plongé le quartier dans la semi-obscurité, elle avait juste allumé une petite lampe dans un coin du salon. La faible lumière qui parvenait jusqu'au fauteuil sur lequel elle s'était installée, complètement nue, un autre verre de whisky à portée de main devait laisser deviner ses formes et ses gestes. Elle avait décidé d'offrir un nouveau spectacle à son voisin. Cette idée de savoir qu'un homme se caressait en la regardant se masturber l'excitait au plus haut point. Malheureusement, il a fallu se rendre à l'évidence, le voyeur n'était pas au rendez-vous. Vers vingt-deux heures, c'est dans son bain qu'elle s'était donné du plaisir, avec son fidèle gant de toilette.

Après un solide petit déjeuner, elle se prépare et se fait belle pour se rendre à la fac. Elle a deux heures de cours avec ce professeur si tendre et caressant qui, malheureusement, ne l'envisage plus du tout. Elle sourit en pensant qu'il aurait fait un troisième homme parfait pour la soirée qui se prépare. Elle l'imagine bien en train de lécher la chatte de Julie, de la même manière qu'il lui avait léché la sienne. Elle avait joui de la plus agréable des façons et ce souvenir la rend toute mélancolique. Elle se demande si un jour elle rencontrera de nouveau un homme qui lui bouffera le cul d'une aussi belle manière... Pour l'heure, il faut être un peu sérieuse et se concentrer sur ses études. Les examens sont en fin d'année scolaire, dans à peine huit mois. Malgré ses travaux pratiques et autres, il lui reste du pain sur la planche avant de présenter sa thèse. Assise au plus près de la chaire, elle est studieuse et boit les paroles du professeur. Celui-ci l'ignore complètement. Au fond d'elle-même, elle est un peu vexée. Midi sonne et, après un bref au revoir de politesse, Georges, sans un regard pour Mathilde, s'éclipse par la petite porte du fond. À la sortie, elle décide de manger un morceau dans le fast-food qui se trouve à moins de deux cents mètres du parking où elle est garée. Elle y va à pied, pas besoin de rechercher une place. Une fois servie, son plateau en main, elle trouve une table vide et s'installe pour se rassasier. Trois tables plus loin, deux jeunes hommes, qui semblent heureux de vivre, l'ont remarquée et semblent parler d'elle en ricanant. Elle pense que ce qui les intéresse surtout, c'est de voir ce qu'il y a sous le bas de son tailleur. Elle les laisse mariner un peu puis, tout doucement, commence à tourner ses membres inférieurs dans leur direction. Faisant mine de rien, regardant ailleurs, elle écarte un peu ses jambes. Elle les a laissées sans bas et sa jupe qui s'est un peu remontée lorsqu'elle s'est assise laisse entrevoir des cuisses dorées par le soleil. Les deux jeunes se donnent des coups de coude, rougissent un peu, et fixent ce qui est devenu le centre de leur intérêt. Elle se dit qu'ils vont longtemps en parler avec leurs camarades de lycée. Elle va les faire baver encore un peu, surtout lorsqu'elle va écarter un peu plus le champ de vision. La tête tournée vers l'extérieur, elle observe dans le reflet de la vitre les réactions des deux merdeux. Lorsqu'elle pense que l'énervement est à son comble, elle écarte franchement les cuisses, ce qui doit permettre aux deux petits voyeurs d'apercevoir jusqu'à son string. Ce sous-vêtement, fait de voilage blanc et transparent, doit leur permettre de deviner jusqu'à sa petite toison brune. Elle voit dans le reflet qu'un des deux petits coquins en échappe son verre de Coca-cola qui arrose copieusement son camarade. Son en-cas terminé, elle se lève et, passant devant les deux jeunes encore tout retournés, leur lance :

— Alors, ça vous a plu ? Mais attention, il paraît que la branlette, ça rend sourd !

Ils en restent cois, rougissent, et gênés, font mine de se concentrer sur leur repas. Tout heureuse d'avoir joué quelques instants l'exhibitionniste, elle se dirige vers sa voiture et s'en retourne chez elle.

À peine rentrée dans son appartement, le téléphone sonne, c'est Tonio :

— Salut, ma belle, tu es en forme ?

Un peu surprise de cet appel inhabituel à cette heure-là, elle répond machinalement :

— Bien et toi ? Que se passe-t-il ?

À l'autre bout du fil, le serveur baisse un peu la voix et déclare sur le ton de la confidence :

— Je pense à toi et je voulais te dire, si tu n'es pas au courant, que tu as un voisin qui habitait en face de ton immeuble qui a été retrouvé mort devant son balcon. Il paraît qu'il était nu et avait éjaculé sur lui et le rideau de sa porte-fenêtre. Tout le monde parle de ça ce matin au bar. Les clients qui le connaissaient disent qu'il n'avait guère plus de soixante ans.

Mathilde se contente d'un « Ah bon… » Elle se dit qu'elle est peut-être la cause de l'attaque fatale. Après les tendres pensées échangées, ils raccrochent et la belle brune reste pensive, un peu triste de ce qui est arrivé à cet homme qu'elle ne connaissait même pas.

L'après-midi est studieuse. Durant des heures, elle tape sur son ordinateur, efface, réécrit, modifie, ajoute, pour enfin ressentir un peu de satisfaction. Il est dix-neuf heures lorsqu'elle réalise que la nuit ne va pas tarder à tomber. Elle enregistre son travail, éteint son P.C. et va dans le coin cuisine pour se trouver quelque chose à grignoter. En passant devant la fenêtre, elle ne peut s'empêcher de penser que son voisin d'en face ne sera plus jamais à son poste. Elle ne verra plus de silhouette nue se dessinant dans la pénombre. La pièce de l'appartement d'en face n'est pas éclairée, et plus rien ne semble bouger. Elle est un peu contrariée. L'autre jour, se sachant observée lorsqu'elle s'était fait jouir, elle avait beaucoup apprécié qu'un inconnu se masturbe en l'épiant et elle aurait bien recommencé. Elle se réchauffe un plat tout préparé, l'avale rapidement et décide d'appeler Julie pour savoir si Sylvie l'a contactée pour lui proposer de participer à la soirée « pattes en l'air ». Celle-ci répond rapidement :

— Ah ! Salut, Mathilde, comment vas-tu ?

— On ne peut mieux, et toi ?

L'interlocutrice hésite un peu puis déclare timidement :

— Ça va, mais tu dois être au courant de ce que m'a proposé Sylvie ?

Sans attendre de réponse, elle poursuit :

— Pour tout te dire, je suis terriblement tentée, mais j'ai un peu la trouille, je n'ai jamais fait ça... Pourtant, lorsque j'imagine...

Mathilde sourit et déclare :

— Tu sais, moi non plus, je n'ai jamais participé à ce genre de soirée, mais comme toi, j'ai vraiment envie de faire l'expérience. Tu n'as qu'à te rappeler comment je te lèche et te dire que plusieurs autres langues te feront la même chose... Jacques est un bel homme, tu n'as qu'à l'imaginer en train de te prendre en levrette pendant que tu suces mon homme... C'est vrai, tu ne le connais pas, mais tu peux me faire confiance, c'est un baiseur de première.

Un instant de silence suit, puis Julie annonce un peu tremblante :

— Arrête de me dire des trucs comme ça, j'ai déjà la culotte toute mouillée...

Un sourire éclaire l'étudiante qui propose :

— Ben tu sais, pour moi, c'est un peu pareil, rien que d'imaginer, j'ai la chatte en feu... Tu sais où j'ai ma main en ce moment ?

Julie rit un peu jaune, puis déclare :

— Je me doute, et tu sais, j'ai bien envie d'en faire autant. Rien que ta voix qui me parle de ça m'incite à me tripoter. J'enlève ma culotte ! Fais pareil !

Au bout du fil, elle devine la respiration de son interlocutrice qui obéit à ses ordres, puis demande :

— Ça y est, tu es en train de te branler ? Moi, je suis trempée, mon clito me fait presque mal tellement il est proéminent ! Dis-moi des cochonneries ! Raconte-moi ce que tu es en train de faire ! Putain, c'est bon !

Mathilde, qui elle aussi est en train de monter, lâche dans un souffle :

— Oh oui ! Tu as raison, c'est trop bon. C'est vrai que tu m'excites, tu es une vraie petite salope ! Et moi, je ne vaux pas mieux, je ne vais pas tarder à prendre mon pied, tu entends à quelle vitesse va ma main ?

Julie, qui est au bord du malaise, éructe dans un souffle :

— Oui, parle-moi encore, dis-moi que je suis une pute, que tu me craches à la figure, que tu m'attacheras les bras et que tu me mettras un concombre dans le cul. Oui, oui, oui, ça y est, je pars, je n'en peux plus, je vais mourir !

À l'autre bout du fil, Mathilde s'est elle aussi mise à gémir et balbutie :

— Moi aussi je pars. Je te promets qu'un jour je t'attacherai et te ferai subir les pires choses, je te pisserai dessus, putain !

Dans un cri strident, elle informe son interlocutrice qu'elle vient, elle aussi, de grimper au rideau.

Le vendredi, les cours terminés, en début d'après-midi, la jeune femme appelle Tonio. Elle l'informe que le repas chez Sylvie est programmé pour le lendemain soir. Cela ne peut pas mieux tomber, il doit finir son service à dix-sept heures le samedi et le jour suivant est son dimanche mensuel de repos. Quelques mots tendres plus tard, ils raccrochent et Mathilde se replonge dans ses travaux. Cela fait moins d'un quart d'heure qu'elle s'est remise sur sa thèse, que la vibration de son portable la sort de ses réflexions. C'est Sylvie ; elle veut savoir si cela tient toujours pour le lendemain :

— Hello, ma belle, comment vas-tu ? C'est toujours d'accord pour demain soir ?

L'étudiante sourit et, toute joyeuse, annonce :

— Pas de soucis, je crois que l'on ne va pas s'ennuyer ! Pour tout te dire, rien que d'en parler, j'en suis déjà tout excitée !

À l'autre bout du fil, c'est en s'esclaffant que son interlocutrice lui répond :

— Ben, si tu savais dans quel état est mon homme depuis que je lui ai annoncé qu'il allait s'offrir deux jeunes et belles poulettes. Il n'arrête pas de bander et de me sauter dessus, vous pouvez vous attendre à en prendre de partout !

La prophétie ponctuée par un éclat de rire, les vœux de bonne journée énoncés, c'est déjà merveilleusement perturbées que les deux femmes raccrochent.

Après une bonne nuit de sommeil et un repas léger, le samedi après-midi, sur le coup des dix-sept heures, le téléphone vibre ; c'est Julie :

— Salut ! Je t'appelle pour savoir comment tu t'habilles pour ce soir... J'hésite un peu, il faut quelque chose qui puisse s'enlever assez facilement, qui soit excitant et qui ne craigne pas trop... Que mettras-tu, toi ?

Amusée par les questionnements de son amie, Mathilde sourit et conseille dans un rire un peu nerveux :

— Ben, viens à poil ! De toute façon, c'est comme ça que tu te retrouveras plus ou moins tard dans la soirée !

La conversation continue sur des bases de plaisanteries et prévisions de plaisirs multiples, puis redevenant un peu sérieuse, l'étudiante conseille à son interlocutrice de mettre une tenue un peu transparente en haut, sans soutien-gorge pour que l'on devine sa belle poitrine et une jupe un peu ample pour qu'elle puisse écarter les cuisses si, éventuellement, elle n'avait pas le temps de l'enlever. Pour ce qui est de la culotte, elle pense qu'un string noir ou blanc ou même rouge fera l'affaire.

— Et toi, comment vas-tu venir ? demande Julie.

La réponse est imprécise :

— Ben, je ne sais pas trop, j'avais envie de venir en pantalon, mais après c'est embêtant pour se mettre à poil. Peut-être une robe, j'en ai une noire qui est moulante et qui laisse les épaules nues, je peux la mettre sans « soutif ». Il y a des boutons devant et elle sera facile à ouvrir en grand. En bas, je pense mettre un porte-jarretelles de couleur rouge et des bas résille assortis, avec un string par-dessus.

Julie rit et ajoute :

— En tout cas, on a intérêt à prendre un manteau, les soirs sont frais maintenant et j'espère qu'il y a un bon chauffage chez Sylvie !

Après cette conclusion, elles se mettent d'accord : Mathilde passera la chercher vers vingt heures.

Il est dix-neuf heures cinquante-huit lorsque l'étudiante indique à son amie, par un bref coup de klaxon, qu'elle est devant chez elle. Celle-ci ne tarde pas à montrer le bout de son nez et surprend sa copine par son apparence inhabituelle. Il semble qu'elle se soit offert le coiffeur et une séance de maquillage chez l'esthéticienne. Elle est magnifique et Mathilde est troublée par l'élégance et la féminité qu'elle dégage perchée sur ses talons aiguilles. Une légère gabardine serrée à la taille et dont le col est remonté. Les ongles vernis sur des mains visiblement manucurées. Ses jambes sont gainées de bas d'une teinte légèrement foncée. On dirait qu'elle sort tout droit d'un magazine de mode. Elle s'installe sur le siège passager et déclare :

— Je ne t'embrasse pas sinon je vais te mettre du rouge partout.

Le tout ponctué d'un rire aigu et d'origine nerveuse. Mathilde la regarde en souriant et déclare en guise de prophétie :

— Si cela t'inquiète, j'espère que tu as pris ton tube, parce que, dans pas bien longtemps, tu risques bien de te faire bouffer le museau et là, ton rouge à lèvres...

Elle aussi finit sa phrase par un grand rire et démarre en direction de chez Sylvie. Sur la route, elle ne peut s'empêcher de lui passer la main sur la cuisse et de demander :

— J'espère que ce n'est pas un collant ? Sinon, ce n'est pas pratique.

Julie rit de bon cœur et déclare :

— Bien sûr que non, ce sont des Dim-Up, des bas qui tiennent tout seuls.

Comme pour vérifier, la conductrice remonte sa dextre jusqu'au point où la peau est nue et en profite pour laisser traîner ses doigts sur le sexe recouvert de satin de sa passagère. Celle-ci sursaute légèrement et supplie :

— Arrête ou je vais arriver là-bas toute mouillée.

Mathilde sourit et reprend son volant à deux mains. Elle aussi est vêtue d'un imperméable de couleur rouge très clair qui est boutonné presque jusqu'au cou. Sa longue chevelure noire tombe en cascade sur ses épaules, elle a également les yeux maquillés. Sur ses lèvres, un rouge vif qui tranche avec la blancheur immaculée de ses dents et toujours ce sourire qui illumine son visage. Julie remarque la couleur de ses bas et demande :

— Toi aussi tu as mis des Dim ? Je ne savais pas qu'il y en avait des comme ça...

Avant de répondre, la conductrice regarde sa passagère en souriant, puis lâche :

— Non, ce sont des bas avec porte-jarretelles assortis, et je vais te dire un secret, finalement, je n'ai pas mis de culotte...

Julie part d'un grand rire tout en glissant une main entre les jambes de Mathilde, comme pour vérifier la véracité de ses dires. Instinctivement, celle-ci écarte les cuisses pour faciliter le contrôle.

Devant le domicile de Sylvie, il y a déjà la moto de Tonio, sa partenaire de sexe lui a indiqué l'adresse. Celui-ci attend sagement devant le portillon du jardin, il n'a pas osé se présenter à la porte tout seul. Les embrassades sur le trottoir, et les voilà devant l'entrée. Tonio regarde du coin de l'œil les fesses de Julie ; il ne la connaît pas, mais se dit qu'il va se régaler. La maîtresse de maison ouvre la porte en chêne, sourit et embrasse les arrivants. Mathilde présente son amant, Sylvie le dévisage d'un air envieux, caresse à son passage le bas du dos de Julie qui se retourne en souriant et tout ce beau monde s'installe au salon pour l'apéritif. Jacques se relève du fauteuil dans lequel il est assis pour accueillir les arrivants. Il est vêtu d'une chemisette en soie de couleur paille. Il a dû mettre le chauffage à fond, car il fait très chaud dans la maison. Ce doit être pour ça qu'il a laissé le col de sa liquette entrouvert. Des poils noirs s'échappent de son torse et son pantalon de tergal lui moule le bas-ventre laissant supposer que ce qu'il y a en dessous est digne d'intérêt. Son épouse, elle, est habillée d'une robe d'été, décolletée à souhait, et de couleur rouge. Perchée sur des talons aiguilles, on la dirait sortie d'un défilé de mode. Il est facile de deviner qu'elle ne porte pas de soutien-gorge, peut-être même qu'elle n'a pas de sous-vêtements du tout, fantasme Tonio… Des bas noirs gainent ses longues jambes et il se demande comment ils tiennent. Est-ce avec des jarretelles ou tout seuls ? Parti comme c'est parti, il n'y en a pas pour trois heures avant d'avoir la réponse à ses questions. Lorsque Julie enlève son imperméable, Jacques devine, grâce à la légère transparence de son chemisier, la poitrine nue de l'invitée. Tout le monde s'installe autour de la petite table du salon et le maître de maison s'improvise serveur.

Cela fait une demi-heure que les invités sont engoncés dans le moelleux des sièges. Les troisièmes verres d'apéritif sont vidés, les petits biscuits et les cacahuètes terminés. La « cuisinière » annonce qu'il est temps de passer à table. Son mari, assis en face de Mathilde, profite d'un gentil spectacle lorsqu'elle s'extirpe du canapé. Bien sûr, elle fait exprès d'exagérer l'entrebâillement de ses cuisses pour lui donner un avant-goût du menu. Toute la petite troupe s'installe dans la salle à manger et Jacques sert le vin sucré destiné à accompagner le foie gras. Sylvie, elle, distribue les assiettes sur lesquelles sont positionnées de belles tranches de ce mets de choix. Tous les participants à la soirée commencent à avoir un peu chaud aux oreilles. Entre la température ambiante élevée et les calories avalées grâce à l'alcool, tous les convives affichent des pommettes rose foncé. L'ambiance est détendue, les blagues fusent, les rires sont nombreux et sonores. Le maître de maison, lui, est de plus en plus tactile avec les invitées. Chaque fois qu'il remet les verres à niveau, il en profite pour laisser traîner son regard dans les décolletés et une main sur les épaules ou les côtes des filles. Julie, qui n'a pas du tout l'habitude de boire de l'alcool, est maintenant complètement désinhibée et se laisse aller. Au moment où Jacques lui sert le vin rouge destiné à accompagner le poulet aux morilles, elle laisse sa main droite s'égarer sur les fesses du mari de sa copine. Celui-ci lui rend la caresse en passant un doigt sur le début de sa poitrine. Mathilde, qui s'est aperçue de la scène, sourit et à son tour laisse sa main remonter entre les jambes du serveur, lorsque celui-ci lui remplit son verre. Tonio, lui, a pris un peu de retard sur l'évolution de la soirée. Lorsqu'il s'aperçoit de l'attitude de sa maîtresse, il ne veut pas être en reste et met carrément une main sous la robe de Sylvie remontant jusqu'à la limite entre le bas et la peau satinée de celle qui lui dépose devant lui son assiette de dessert. Instinctivement, elle écarte un peu les cuisses et ricane gentiment en passant sa poitrine volumineuse contre la tête de l'amant de Mathilde.

Le champagne servi, les convives sont prêts à passer à une activité encore plus conviviale. Julie, qui est la plus excitée, décide soudain d'ouvrir les hostilités. Elle se laisse glisser sous la table et, à quatre pattes, se dirige jusqu'aux jambes de Tonio. Elle lui dégrafe sa ceinture, déboutonne son pantalon, entrouvre le tout et fait jaillir un sexe en érection, heureux d'être libéré d'un caleçon devenu trop petit. D'une bouche avide, elle se jette sur ce dard qui ne demande qu'à libérer un foutre qui n'en peut plus d'être contenu. Sylvie ne lui en laisse pas le temps, elle annonce d'une voix légèrement tremblante :

— Allez, tout le monde au salon, ce sera plus confortable et au moins tout le monde pourra profiter du spectacle !

L'envolée de rires qui s'ensuit donne le départ pour les fauteuils du salon. Un peu déçu, Tonio désolidarise sa queue de la bouche de Julie, qui, docile, le suit comme un petit chien jusqu'au salon. Il s'avachit sur le coin du canapé et, à genoux sur le tapis, la suceuse reprend sa prestation de plus belle. Mathilde proche d'eux et les mains sur les hanches de sa copine, la force à se mettre à quatre pattes. Elle lui descend la fermeture éclair qui se trouve sur l'arrière de la jupe et la fait tomber. Disciplinée, tout en continuant de déguster son deuxième dessert, elle se contorsionne pour que sa copine puisse la débarrasser de son vêtement. À la vue de ce fessier, à peine masqué par un string, de ses bas qui donnent un aspect brillant aux cuisses de celle qui prend un plaisir non dissimulé à ce qu'elle est en train de faire, Jacques dégrafe son pantalon. De plusieurs gestes vifs, il se déshabille entièrement et se retrouve nu comme un ver, le sexe brandi comme l'étendard du chevalier qui part à l'assaut de l'ennemi. Il s'agenouille derrière Julie, lui saisit les côtés de son sous-vêtement et le fait glisser jusqu'à mi-cuisse.

Lorsqu'il commence à lécher entre les deux lèvres de sa chatte, Julie se cambre et pousse des gémissements rauques. Sylvie s'est approchée et commence à branler son homme, son autre main s'est glissée sous la robe de Mathilde et remonte jusqu'à son sexe déjà tout trempé de cyprine. Celle-ci dégrafe d'un geste précis la belle robe qui choit sur le sol. Elle enjambe le bras de son amie qui masturbe son mari et vient lui coller sa moule contre la bouche. La maîtresse de maison est maintenant la seule à porter encore un vêtement. Mathilde, les cuisses écartées, le bas-ventre collé sur la bouche de celle qui lui lèche le minou, s'empresse de faire glisser les bretelles de la robe de celle-ci. Comme l'avait supposé l'étudiante, elle est entièrement nue dessous. L'arrogance de sa poitrine généreuse se dresse comme deux étendards, et le regard qu'elle lance à son invitée en dit long sur ce qu'elle ressent à cet instant. Sylvie est la seule des trois femmes à être entièrement rasée, son sexe ressemble à celui d'une petite fille. Mathilde pense que c'est peut-être son homme qui lui impose cette épilation intégrale ; il doit aimer l'impression de baiser une petite fille. Elle, elle a bien taillé son ticket de métro, quant à Julie, elle s'est appliquée à dessiner la forme d'un cœur avec sa pilosité intime. Ce cœur est du plus bel effet et semble particulièrement exciter les deux mâles du groupe. La pièce n'est plus que gémissements, ronronnements, cris étouffés, mots d'insultes dits à mi-voix. Tonio a retourné Julie et elle est désormais le cul en l'air avec le dard qu'elle suçait juste avant à l'intérieur de son ventre. Comme il est plutôt bien monté, elle ne tarde pas à lancer des cris de louve en chaleur. Elle s'est libéré une jambe et son string est resté accroché à son autre mollet. Quelques coups de reins plus tard, elle annonce, par un hurlement, à toute l'assemblée, qu'elle prend un pied magistral. La laissant pantelante, en chien de fusil sur le tapis, Tonio attrape Sylvie, qui est toujours en train de brouter Mathilde, la force à se mettre sur le dos et, lui saisissant les jambes, la pénètre sans autres formalités. Il attrape le bras de sa maîtresse en titre et l'assoit sur la bouche de celle qu'il est en train faire jouir. Il la saisit par les cheveux et l'embrasse à bouche que veux-tu. L'étudiante part à son tour et se vide dans un grognement bestial sur les lèvres enflammées de celle que son homme et en train de baiser. Jacques, le sexe brandi, attrape alors la pauvre Julie qui reprend à peine ses esprits, la remet à quatre pattes, passe sa main pour bien étaler tout ce qui a dégouliné du vagin de celle-ci, prenant soin de bien humecter son petit trou. Il la branle un petit peu, met un doigt dans son rectum, fait quelques va-et-vient, puis sans autres préliminaires, lui enfonce sa queue dans l'anus. Surprise, elle déclame à haute voix :

— Mais il m'encule, ce salaud, merde, c'est bon, c'est la première fois qu'un mec me fait ça, mais c'est bon, continue, je sens bien ta grosse bite, putain, mais je vais encore jouir !!!

À ce moment-là, les deux hommes de la petite réunion jouissent eux aussi, tous deux dans un mélange de soupirs, grognements et insultes envers celles qu'ils sont en train de remplir. Leurs partenaires partent également ensemble et tous ces gémissements, mots crus, et les coups de langue de Sylvie font décoller Mathilde, qui lance, elle aussi, des cris de louve lorsqu'elle inonde son visage.

Julie s'est éclipsée dans les toilettes, Jacques est sous la douche, Tonio et Mathilde tentent de reprendre leurs esprits, Sylvie est dans la cuisine, elle en revient avec deux nouveaux flacons de champagne. Un des deux est une demi-bouteille et ne semble pas être aussi froid que l'autre. Lorsque le maître de maison sort de la douche, repomponné et reparfumé, Julie s'y précipite, puis tour à tour, chacun des participants à la soirée. Julie remet ses bas, mais reste nue, Mathilde, elle, se sent bien dans sa tenue de petite cochonne et la repasse en sortant de la salle de bains. Les deux hommes et Sylvie, eux, restent entièrement nus. Deux coupes de champagne plus tard, Julie, qui décidément est insatiable, se rapproche de Jacques et commence à le masturber. Presque aussitôt, son membre se redresse et se raidit. Il attrape Julie par les cheveux, l'attire vers lui et lui colle sa queue dans la bouche. Il a passé une main entre les cuisses de celle-ci et la masturbe de façon experte. Les autres membres de la soirée rient de bon cœur et commencent eux aussi à se câliner. Sylvie, qui ne demande qu'à se faire prendre par le bel étalon qu'est Tonio, s'approche de lui et commence à passer sa langue sur ses testicules. De temps à autre, elle s'égare un peu et va donner un petit coup de lèche sur son anus. Il ne faut pas longtemps pour que le membre de l'amant de Mathilde soit à nouveau opérationnel et la maîtresse de maison s'empresse de se mettre à califourchon sur lui, venant s'empaler sur un sexe durci par l'excitation. Mathilde enjambe alors le couple et, écartant de ses deux mains les lèvres de son abricot, pointant le ventre en avant, vient se faire lécher le clitoris par sa copine. La pièce est de nouveau devenue une salle de concert, composée de gémissements, petits cris, râles, insultes et claquements de mains sur des culs surchauffés. Comme si les trois femelles de la réunion s'étaient donné le mot, c'est en chœur qu'elles se mettent à trembler, jouir et lancer des grossièretés. Les deux mâles, eux, résistent à l'envie de lâcher leur semence et contrôlent bien la situation. Se désolidarisant du membre de Tonio, Sylvie s'éclipse vers la chambre à coucher et en revient presque aussitôt. Elle a dans les mains un vibromasseur de grande taille. Ce sexe de plastique, elle semble bien le connaître et le porte avec ménagement. Elle a également un martinet et une paire de menottes gainées de suédine rose. Sans autre préambule, elle s'approche de Julie qui, après la branlette que vient de lui prodiguer Jacques, est affalée sur le tapis, les pattes écartées et les bras repliés sous ses seins. Elle ferme les yeux et tente de retrouver son souffle. Le godemiché dans la main droite et le regard vicieux, Sylvie s'agenouille entre les jambes de la pauvre Julie qui ne sait plus très bien où elle est et ce qu'elle y fait. Sous le regard des autres participants à la soirée, l'épouse de Jacques salive sur le membre synthétique et, sans autres formalités, l'introduit dans le vagin de celle que son homme vient de faire jouir une nouvelle fois. La sensation est immédiate : c'est par un cri strident, mélange de plainte et de joie, que la jeune femme informe les autres qu'elle vient de se faire pénétrer par cet engin diabolique. La main qui manipule l'engin s'agite lentement, puis l'autre vient appuyer sur le bouton qui lance les vibrations. À cet instant, ce sont des cris stridents que pousse la jeune femme. Le maître de maison s'empare des menottes et vient lui attacher les deux poignets. La chaînette gainée est passée derrière un pied du canapé de sorte que celle qui est en train de devenir une esclave ne peut plus s'échapper, si toutefois elle en avait eu envie. Les cris sont maintenant des hurlements entrecoupés de suppliques tantôt de demandes d'arrêts, tantôt de souhaits d'accentuations de violences verbales, de hardiesse et même parfois de coups. Tout le monde se met à l'insulter, lui pincer les tétons. Mathilde lui a bâillonné la bouche avec une serviette et, lui tirant la tête en arrière par les cheveux, la traite de grosse pute, de reine des salopes, de truie. À chaque insulte, la jeune femme jouit un peu plus fort jusqu'au moment où l'intensité devient si forte qu'elle en perd connaissance. Tonio s'avance alors vers son visage et la ranime avec du champagne glacé qu'il lui verse sur la figure. Son corps n'est que soubresauts nerveux, ses jambes se sont croisées sur Sylvie et l'enserre si violemment que celle-ci en a mal aux côtes. L'excitation de tous les membres de la petite fête est à son comble. Les filles dégoulinent et ont le clitoris en feu, les mâles arborent des queues de concours qu'ils caressent doucement. Julie suffoque une nouvelle fois et replonge dans l'inconscience. Lorsqu'elle refait surface, le sexe de plastique est à l'intérieur du bas-ventre de Mathilde, elle l'agite nerveusement tout en lançant des cris de plaisir. Elle est à quatre pattes en train de donner des coups de langue à l'entrecuisse de Sylvie, qui est couchée sur le dos en train de sucer Tonio. D'une main experte, elle se caresse la poitrine et grogne comme une louve en chaleur. Jacques se masturbe sur le visage de Julie, il ne tarde pas à lui inonder la face, prenant soin de concentrer son sperme sur sa bouche. D'une langue avide, elle se lèche les lèvres pour déguster ce sirop. Sa respiration s'est de nouveau accélérée et son corps tout entier ne demande qu'à replonger dans la luxure. Soulevant le meuble, il dégage les menottes du pied du canapé, il force la femme à se relever et la traîne vers la porte coulissante qui communique avec la chambre. Il passe alors la chaînette des menottes dans la poignée puis, à coups de claques sur les fesses, oblige l'esclave à se tenir sur les genoux. Il va s'emparer du martinet et revient la fouetter. Les autres qui viennent de jouir de nouveau se regroupent autour d'elle. Sylvie se saisit de la demi-bouteille de champagne, fait sauter le bouchon et l'introduit dans la chatte de Julie. Lorsqu'elle l'agite, le liquide effervescent se répand dans le corps de la jeune femme qui se met aussitôt à jouir de nouveau, hurlant des insultes à tous ceux qui sont autour d'elle. Mathilde, qui ne sait pas encore l'effet que peut avoir le champagne que l'on introduit dans un vagin, souhaite essayer. Hormis le fait que la bouteille est d'un diamètre bien au-dessus de la taille de n'importe quel sexe d'homme, les bulles qui explosent à l'intérieur du corps déclenchent une jouissance presque instantanée et hors du commun. Julie, attachée à la porte, courbée en avant, les jambes écartées, n'en finit pas de jouir. Jacques s'est glissé entre ses jambes et boit avec frénésie le liquide effervescent qui dégouline du sexe de la jeune femme. Il passe une main entre ses fesses et lui titille l'anus. Il bande encore et décide de sodomiser une seconde fois la pauvre Julie. Cette fois, elle n'a pas mal, au contraire, elle monte très vite et se remet à crier des insanités contre tous les participants de la petite fête. Son étalon se vide très vite et, se dégageant, s'empare du martinet et corrige, à coups de lanières, celle qu'il traite de prostituée, de salope, de traînée ou encore de grosse pute. La jeune fille souffre, jouit, crie, supplie, en redemande, bave en secouant la tête, puis tombe sur les genoux tentant de reprendre son souffle et ses esprits. Jacques se désintéresse d'elle et vient vers Mathilde, qui n'en finit pas non plus de grimper au rideau, les bulles faisant leur petit effet. Elle se tortille sur le sol, la bouteille entre les cuisses. À genoux vers sa figure, il lui caresse la poitrine, un sein dans chaque main. Tonio est assis sur Sylvie, il a le membre entre ses gros seins qu'il presse contre sa queue en ondulant du bassin. Sa partenaire s'est introduit le vibromasseur et l'agite frénétiquement.

Devant ce spectacle, Jacques abandonne les tétons de la belle étudiante qui agite de plus en plus vite le flacon de champagne tout en poussant de petits cris aigus. Le mari de la maîtresse de maison file se rincer le membre et revient pour le mettre dans la bouche de sa femme. Les soupirs plaintifs de Julie, les geignements de Mathilde, le sexe mécanique et la vision des queues qui s'agitent sur elle, font, que, celle-ci, très vite, décolle et lance un cri qui ressemble à de la stupeur, suivi de râles. Elle continue à se branler nerveusement avec l'appareil et prend son pied pendant plusieurs minutes, ce qui déclenche chez ses deux cavaliers, l'éjaculation faciale qu'elle souhaitait secrètement.

Il est deux heures et demie du matin lorsque, épuisés, rassasiés, les sexes souillés, les fesses endolories pour ce qui concerne Julie et les bites débandées, tous les membres de la sauterie s'endorment. Certains, comme Sylvie, Jacques et Tonio se sont traînés jusque sur le lit du couple, Mathilde, elle, après avoir fini ce qui restait de champagne dans la demi-bouteille, s'est écroulée sur le canapé et s'est endormie d'un coup. Julie est restée attachée au chambranle de la porte et tente, tant bien que mal, de dormir, les bras en l'air. En fin de matinée, ce sont les cris de plaisir de Sylvie qui réveillent l'étudiante. Elle s'approche de la chambre et voit que celle-ci est prise entre les deux hommes, sûrement un sexe dans chaque orifice. Aussitôt, la scène éveille des envies dans son bas-ventre, elle vient détacher Julie, qui se déplace comme un zombie, elle a le postérieur zébré par les coups de martinet, la pointe des seins violacés à force de se les être fait pincer. Elle s'allonge sur le canapé et Mathilde, avec douceur et tendresse, les lui lèche comme pour atténuer ce qui reste de douleur. Aussitôt, elle se met à onduler du bassin et prend la main de sa copine pour la diriger vers son mont de Vénus. Celle-ci ne se fait pas prier et commence à branler son amie. Julie saisit la tête de sa copine et lui roule un patin baveux. S'emparant du sexe mécanique qui est resté sur le sol, elle l'enfonce sans préambule dans le bas-ventre de celle qui vient d'éveiller à nouveau le désir. Les cris de chiennes qui proviennent de la chambre ne font qu'accentuer le plaisir. Se mettant tour à tour la bite en plastique, les deux femmes ne tardent pas à, elles aussi, faire entendre la mélodie du ravissement.

Après un copieux petit déjeuner, la petite troupe se sépare sur la promesse de remettre ça au plus vite. Tonio repart sur sa moto et Julie et Mathilde montent dans la petite Austin. Elles ont à peine fait trois cents mètres lorsque Julie se plaint :

— Oh là là ! Que j'ai mal aux fesses, mais putain que c'était bon ! J'espère que tu vas nous organiser une autre soirée bientôt… ?

L'étudiante confirme que la soirée lui a fait découvrir des plaisirs qu'elle ignorait et qu'elle aussi est prête à recommencer. Sa passagère précise :

— Il faut juste que Jérôme soit en déplacement. Il n'est pas comme ton Tonio et n'acceptera jamais de participer à ce genre de partie, dommage…

La voiture se stationne devant le domicile de Julie. Elles se font un petit bisou sur la bouche et, lorsque sa passagère descend, Mathilde lance :

— Au fait, si tu veux que je vienne te passer de la pommade sur le cul, tu le dis, je suis ton homme !

Les rires des deux filles clôturent la conversation et la voiture redémarre. La jeune femme se dit que maintenant, elle a vraiment tout ce qu'il lui faut pour peaufiner sa thèse et que ses travaux pratiques l'auront bien aidée et donné des plaisirs qu'elle n'avait ni imaginés ni soupçonnés. Elle sourit et rentre chez elle pour dormir un peu ; cette nuit de débauche a laissé quelques traces de fatigue sur son visage et, lundi, elle reprend les cours.

Fin

Biographie

L'auteur est né à Issoire et a fait ses études secondaires au lycée Godefroy-de-Bouillon à Clermont-Ferrand (63).

Après quelques années en Suisse dans l'hôtellerie, il s'est dirigé vers la création et l'exploitation, durant une vingtaine d'années, d'un magasin d'articles de sports dans le département de la Lozère. Après des problèmes familiaux, il a terminé sa carrière professionnelle dans une société de transports de fonds dans le Cher. Il est retraité depuis cinq ans.

Mentions légales

ISBN : 978-2-37780-529-7

Libertine Editions
ZAI Bel Air
17230 Andilly

Site Internet : www.libertine-editions.fr

Dépôt légal août 2019

Imprimé sur papier **Clairefontaine** fabriqué dans les Vosges.

Achevé d'imprimer par C.L.I.P

9 782377 805297